Translated Language Learning

Anturiaethau Alice yng Ngwlad Hud

Alice's Adventures in Wonderland

Lewis Carroll

Cymraeg / English

I lawr y twll cwningen
Down the Rabbit Hole

Alice yn dechrau blino
Alice was beginning to get very tired
Roedd hi'n eistedd wrth ei chwaer ar y lan laswellt
she was sitting by her sister on the grass bank
Ond doedd ganddi ddim i'w wneud
but she had nothing to do
Roedd ei chwaer yn darllen llyfr
her sister was reading a book
Unwaith neu ddwywaith Alice peeped yn y llyfr
once or twice Alice peeped into the book
ond doedd gan y llyfr ddim lluniau na sgyrsiau ynddo
but the book had no pictures or conversations in it
"Pa ddefnydd yw llyfr heb luniau?" meddyliodd Alice
"what use is a book without pictures?," thought Alice
Pam na fyddai llyfr yn cael unrhyw sgyrsiau?
"why would a book have no conversations?"
Ond roedd ganddi bethau eraill i'w hystyried

but she had other things to consider
"Byddai gwneud cadwyn o leiais yn bleser"
"making a chain of daisies would be a pleasure"
"Ond a yw'n werth yr ymdrech o godi a dewis y daisies??"
"but is it worth the effort of getting up and picking the
daisies??"
Nid oedd mor hawdd meddwl amdano
this was not so easy to think about
**oherwydd bod y diwrnod yn gwneud iddi deimlo'n gysglyd
ac yn dwp**
because the day was making her feel sleepy and stupid
Ond yn sydyn torrwyd ar draws ei meddyliau
but suddenly her thoughts were interrupted
Cwningen wen gyda llygaid pinc yn rhedeg yn agos gan ei
a White Rabbit with pink eyes ran close by her

Doedd dim byd yn rhy ryfeddol am y gwningen
There was nothing overly remarkable about the rabbit
ac ni chredai Alice fod y gwningen yn rhyfeddol ychwaith
and Alice did not think the rabbit remarkable either
Ni wnaeth ychwaith ei synnu pan siaradodd y Gwningen
nor did it surprise her when the Rabbit spoke
"Oh dear! Mi fydd hi'n rhy hwyr!" meddai wrtho'i hun
"Oh dear! I shall be too late!" he said to himself
ond yna gwnaeth y Gwningen rywbeth nad oedd cwningod yn ei wneud
but then the Rabbit did something that rabbits didn't do
cymerodd y Gwningen wyliadwriaeth allan o'i boced gwasg
the Rabbit took a watch out of its waistcoat-pocket
Edrychodd ar y pryd ac yna rhuthro ymlaen
he looked at the time and then hurried on
Alice got at ei thraed, yn syndod
Alice got to her feet, in amazement
Doedd hi erioed wedi gweld cwningen gyda chwincyn o'r blaen!
she had never seen a rabbit with a waistcoat before!
Doedd hi erioed wedi gweld cwningen gyda gwyliadwriaeth!
nor had she ever seen a rabbit with a watch!
Alice yn llosgi gyda chwilfrydedd newydd
Alice was burning with a new curiosity
ac fe redodd ar draws y cae ar ôl y Gwningen
and she ran across the field after the Rabbit
roedd hi mewn pryd i weld y gwningen yn diflannu
she was just in time to see the rabbit disappear
Neidiodd y gwningen i lawr i dwll cwningen fawr
the rabbit hopped down into a large rabbit-hole
Mewn eiliad arall, aeth i lawr Alice ar ôl y cwningen!
In another moment, down went Alice after the rabbit!
Aeth y twll cwningen ymlaen yn syth fel twnnel
The rabbit-hole went straight on like a tunnel
a'r twnnel yn dal i fynd am gryn bellter

and the tunnel kept going for some distance
ac yna'r llwybr yn sydyn yn disgyn i lawr
and then the path suddenly dipped down
Doedd gan Alice ddim eiliad i feddwl am stopio ei hun
Alice had not a moment to think about stopping herself
cafodd ei hun yn syrthio i lawr ac i lawr ac i lawr
she found herself falling down and down and down
roedd yn ymddangos fel pe bai hi wedi cwympo i lawr
ffynnon ddwfn iawn
it seemed as if she had fallen down a very deep well
Naill ai roedd y ffynnon yn ddwfn iawn, neu fe syrthiodd
yn araf iawn
Either the well was very deep, or she fell very slowly
Oherwydd bod ganddi ddigon o amser i syrthio
because she had plenty of time to fall
Wrth iddi gwympo, gallai edrych o'i chwmpas hi
as she was falling she could look all around her
Yn gyntaf, roedd hi'n ceisio darganfod lle roedd hi'n mynd.
First, she tried to make out where she was going
Ond roedd y ffynnon yn rhy dywyll i weld unrhyw beth
but the well was too dark to see anything
Yna edrychodd ar ochrau'r ffynnon
then she looked at the sides of the well
a sylwodd fod cypyrddau o'i chwmpas hi
and she noticed that there were cupboards all around her
Ac o gwmpas y ffynnon roedd silffoedd llyfrau
and all around the well were book-shelves
Yma ac acw gwelodd mapiau a lluniau yn hongian ar begiau
here and there she saw maps and pictures hung upon pegs
Tynnodd jar i lawr o un o'r silffoedd wrth iddi basio
She took down a jar from one of the shelves as she passed
Labelwyd y jar am ei gynnwys
the jar was labelled for its content
"MARMALADE WEDI'I WNEUD O ORENNAU"
"MARMALADE MADE FROM ORANGES"
Ond, er siom fawr, roedd y marmalade jar yn wag
but, to her great disappointment, the marmalade jar was

empty

Doedd hi ddim eisiau gollwng y jar marmalade gwag

she did not want to drop the empty marmalade jar

Ac roedd ei chwymp yn araf iawn

and her fall was very slow

Felly llwyddodd i roi'r jar marmalade i mewn i un o'r cypyrddau

so she managed to put the marmalade jar into one of the cupboards

I lawr, i lawr mae hi'n syrthio!

Down, down, down she fall!

A fyddai'r cwymp byth yn dod i ben?

Would the fall ever come to an end?

Doedd dim byd arall i'w wneud

There was nothing else to do

felly Alice yn fuan dechreuodd siarad â hi ei hun

so Alice soon began talking to herself

"Mi fydd Dinah yn fy ngweld i'n fawr heno, dylwn i feddwl!"

"Dinah will miss me very much tonight, I should think!"

Dinah oedd cath Alice

Dinah was Alice's cat

"Gobeithio y byddan nhw'n cofio ei soser o laeth amser te"

"I hope they'll remember her saucer of milk at tea-time"

"O na, fy anwylyd, hoffwn pe byddech chi yma gyda mi!"

"Dinah, my dear, I wish you were down here with me!"

Roedd Alice yn teimlo ei bod hi'n dozing off

Alice felt that she was dozing off

Ac yna yn sydyn, twmp! dyrnu!

and then suddenly, thump! thump!

i lawr syrthiodd ar domen o ffyn

down she fell upon a heap of sticks

ac fe laniodd ar bentwr o ddail sych

and she landed on a pile of dry leaves

ac o'r diwedd roedd y gwymp hir i lawr y twll drosodd

and finally the long fall down the hole was over

Nid oedd Alice yn brifo ychydig

Alice was not a bit hurt
ac mae hi'n neidio i fyny o fewn munud
and she jumped up within a moment
Edrychodd i fyny, ond roedd y cyfan yn dywyll.
She looked up, but it was all dark overhead
o'i blaen roedd coridor hir arall
in front of her was another long corridor
ac roedd y Gwningen Gwyn yn dal i fod yn y golwg
and the White Rabbit was still in sight
Roedd yn brysio i lawr y coridor
he was hurrying down the corridor
Nid oedd munud i'w golli
There was not a moment to be lost
Alice fel y gwynt
off ran Alice like the wind
rownd y gornel troi y gwningen
around the corner turned the rabbit
Roedd hi mewn pryd i glywed y cwningen
she was just in time to hear the rabbit
"O, fy nghlustiau a'm gwisgoedd"
""Oh, my ears and whiskers"
Pa mor hwyr mae'n cyrraedd!
"how late it's getting!"
Roedd hi'n agos tu ôl i'r gwningen
She was close behind the rabbit
Trodd o gwmpas cornel arall
she turned around another corner
ond nid oedd y Gwningen i'w weld mwyach
but the Rabbit was no longer to be seen
Cafodd ei hun mewn neuadd hir, isel
She found herself in a long, low hall
goleuwyd y neuadd gan res o lampau nenfwd
the hall was lit up by a row of ceiling lamps
Roedd drysau o gwmpas y neuadd i gyd
There were doors all around the hall
Ond mae'r drysau i gyd wedi eu cloi
but all the doors were locked

Cerddodd yr holl ffordd i lawr un ochr i'r neuadd
she walked all the way down one side of the hall
Ac roedd hi wedi cerdded yr holl ffordd i fyny ochr arall y neuadd
and she had walked all the way up the other side of the hall
Roedd hi wedi rhoi cynnig ar bob drws
she had tried every door
a cherddodd yn drist i lawr canol y neuadd
and she walked sadly down the middle of the hall
"Sut ydw i'n mynd i fynd allan eto?"
"how am I ever going to get out again?"

Yn sydyn daeth hi ar fwrdd bach
Suddenly she came upon a little table
Mae'r bwrdd wedi'i wneud yn gyfan gwbl o wydr solet
the table was made entirely of solid glass

Nid oedd dim ar y bwrdd ond allwedd aur fach
There was nothing on the table but a tiny golden key
Efallai bod yr allwedd yn perthyn i un o'r drysau!
the key might belong to one of the doors!
Ond, gwaetha'r modd! Roedd rhai o'r cloeon yn rhy fawr ar gyfer yr allweddi
but, alas! some of the locks were too large for the keys
Ac ar gyfer y cloeon eraill roedd yr allwedd yn rhy fach
and for the other locks the key was too small
Ond, ar unrhyw gyfradd, nid yw'r allwedd yn agor yr un o'r drysau
but, at any rate, the key opened none of the doors
Ond beth oedd hi i'w wneud?
but what was she to do?
Aeth hi trwy'r neuadd eto
she went through the hall again
a'r tro hwn sylwodd ar len isel
and this time she noticed a low curtain
tu ôl i'r llenni roedd drws bach
behind the curtain was a little door
Roedd y drws tua 15 modfedd o uchder
the door was about fifteen inches high
Rhoddodd gynnig ar yr allwedd aur fach yn y clo
She tried the little golden key in the lock
ac i'w hyfrydwch mawr, yr allwedd yn ffitio yn y clo!
and to her great delight, the key fit in the lock!
Alice yn agor y drws
Alice opened the door
a daeth o hyd i'r drws yn cael ei arwain i goridor bach
and she found the door led into a small corridor
Nid oedd y coridor yn llawer mwy na twll llygod mawr
the corridor was not much larger than a rat-hole
Syrthiodd i lawr ac edrych ar hyd y coridor
she knelt down and looked along the corridor
a hi a welodd yr ardd harddaf a welaist ti erioed
and she saw the loveliest garden you have ever seen
sut yr oedd hi'n dyheu am fynd allan o'r neuadd dywyll

honno
how she longed to get out of that dark hall
sut yr oedd hi eisiau crwydro ymysg y blodau llachar hynny
how she wanted to wander among those bright flowers
pa mor oer adfywio'r ffynhonnau hynny yn edrych
how cool refreshing those fountains looked
ond doedd hi ddim hyd yn oed yn gallu cael ei phen drwy'r drws
but she could not even get her head through the doorway
'O!' meddai Alice, yn drist
"Oh," said Alice, mournfully
"Sut hoffwn pe bawn i'n gallu plygu i fyny fel telesgop!"
"how I wish I could fold up like a telescope!"
"Rwy'n credu y gallwn i blygu i fyny fel telesgop"
"I think I could fold up like a telescope"
"Pe bawn i ond yn gwybod sut i ddechrau"
"if I only knew how to begin"
Aeth Alice yn ôl at y bwrdd
Alice went back to the table
Roedd cyfle i ddod o hyd i allwedd arall
there was the chance of finding another key
Neu efallai bod llyfr o reolau
or there might be a book of rules
Gallai'r llyfr ddweud wrthi sut i blygu i fyny fel telesgop
the book could tell her how to fold up like a telescope
Y tro hwn daeth o hyd i botel fach
This time she found a little bottle
"doedd y botel hon ddim yma o'r blaen," meddai Alice
"this bottle certainly was not here before," said Alice
ac wedi'i glymu o amgylch gwddf y botel oedd label papur
and tied around the neck of the bottle was a paper label
Argraffwyd y label yn hyfryd mewn llythrennau mawr
the label was beautifully printed in large letters
'YFED FI'
"DRINK ME"
"Nac ydw, byddaf yn edrych yn gyntaf," meddai
"No, I'll look first," she said

"Gwelaf a yw'r botel wedi'i marcio fel gwenwynig ai
peidio,"
"I'll see whether the bottle is marked as poisonous or not,"
am nad anghofiodd hi erioed y wers am wenwyn
because she never forgot the lesson about poison
"Os yw potel wedi'i labelu'n wenwynig, mae'n sicr o
anghytuno â chi"
"if a bottle is labelled poisonous, it's bound to disagree with
you"
Fodd bynnag, nid oedd y botel hon wedi'i marcio fel
gwenwynig
However, this bottle was not marked as poisonous
felly mentrodd Alice i flasu cynnwys y botel
so Alice ventured to taste the content of the bottle
roedd hi'n dod o hyd i'r hylif yn eithaf i'w hoffter
she found the liquid quite to her liking
Roedd gan y ddiod flas cymysg
the drink had a sort of mixed flavour
ceirios-tart, cwstard, a phîn-afal
cherry-tart, custard, and pineapple
twrci rhostio, toffe, a thost gyda menyn poeth
roast turkey, toffee, and toast with hot butter
ac yn fuan fe orffennodd hi oddi ar y botel
and she soon finished off the bottle
"Am deimlad rhyfedd!" meddai Alice
"What a curious feeling!" said Alice
"Rwy'n plygu i fyny fel telesgop!"
"I am folding up like a telescope!"
Ac roedd hi'n plygu i fyny fel telesgop yn wir!
And she was folding up like a telescope indeed!
Erbyn hyn roedd hi ond 10 modfedd o uchder
She was now only ten inches high
a disgleiriodd ei wyneb wrth ei meddyliau
and her face brightened up at her thoughts
Nawr hi oedd y maint cywir ar gyfer y drws bach
now she was the the right size for the little door
Nawr gallai hi fynd i mewn i'r ardd hyfryd honno

now she could go into that lovely garden
Yn fuan fe stopiodd fynd yn llai
soon she stopped getting smaller
Penderfynodd fynd i'r ardd ar unwaith
she decided on going into the garden at once
ond, alas am Alice druan!
but, alas for poor Alice!
Mae hi wedi cyrraedd y drws
she got to the door
Ond roedd hi wedi anghofio'r allwedd aur fach
but she had forgotten the little golden key
Aeth yn ôl at y bwrdd ar gyfer yr allwedd
she went back to the table for the key
Ond fe wnaeth hi ddarganfod na allai gyrraedd digon uchel
but she found she could not reach high enough
Roedd hi'n gallu gweld yr allwedd yn eithaf amlwg drwy'r gwydr
she could see the key quite plainly through the glass
Ceisiodd ddringo coesau'r bwrdd
she tried to climb up the legs of the table
ond roedd y gwydr yn llawer rhy llithrig
but the glass was far too slippery
Yn y diwedd, blinodd ei hun allan gyda cheisio
eventually she tired herself out with trying
a'r eneth fach druan yn eistedd i lawr ac yn llefain
and the poor little girl sat down and cried
Siaradodd Alice yn eithaf craff â hi ei hun
Alice spoke to herself rather sharply
"Dewch, does dim pwrpas crio fel yna!"
"Come, there's no use in crying like that!"
"Rwy'n eich cynghori i roi'r gorau i'r funud hon!"
"I advise you to stop right this minute!"
Yn gyffredinol, rhoddodd gyngor da iawn i'w hun
She generally gave herself very good advice
Er mai anaml iawn y dilynodd ei chyngor ei hun
though she very seldom followed her own advice
ac roedd hi weithiau'n rhy llym arni hi ei hun

and she sometimes was too harsh on herself
a'i geiriau hi a ddagrau i'w llygaid hi
and her words brought tears into her eyes
Yn fuan syrthiodd ei llygad ar focs gwydr bach
Soon her eye fell upon a little glass box
Roedd y blwch gwydr bach yn gorwedd o dan y bwrdd
the little glass box was lying under the table
Yn y bocs gwydr roedd cacen fach iawn
in the glass box was a very small cake
Ar y gacen ysgrifennwyd rhai geiriau yn hyfryd
on the cake some words were beautifully written
Mae'r geiriau wedi eu marcio mewn cyrens
the words had been marked in currants
'BWYTA FI'
"EAT ME"
'Wel, fe fydda i'n bwyta'r gacen,' meddai Alice
"Well, I'll eat the cake," said Alice
**"Ac os yw'r gacen yn gwneud i mi dyfu'n fwy, gallaf
gyrraedd yr allwedd"**
"and if the cake makes me grow larger, I can reach the key"
**"Ac os yw'r gacen yn gwneud i mi dyfu'n llai, gallaf ymlusgo
o dan y drws"**
"and if the cake makes me grow smaller, I can creep under the
door"
"Y naill ffordd neu'r llall, byddaf yn mynd i mewn i'r ardd"
"so either way I'll get into the garden"
"Dydw i ddim yn poeni pa un o'r ddau sy'n digwydd!"
"and I don't care which of the two happens!"
Roedd hi'n bwyta ychydig o'r gacen
She ate a little bit of the cake
Ac mae hi'n siarad yn bryderus â hi ei hun:
and she anxiously spoke to herself:
Pa ffordd? Pa ffordd?"
"Which way? Which way?"
A hi a estynnodd ei llaw ar ei phen
and she held her hand on her head
Roedd hi eisiau teimlo sut roedd hi'n tyfu

she wanted to feel which way she was growing
Roedd hi'n synnu o weld beth oedd wedi digwydd
she was quite surprised to find what had happened
Roedd hi wedi aros yr un maint!
she had remained the same size!
felly y tro hwn fe ddyblodd ei hymdrechion
so this time she doubled her efforts
ac yn fuan fe orffennodd hi oddi ar y gacen gyfan
and soon she finished off the whole cake

Y Pwll o Dagrau
The Pool of Tears

"Mae'n dod yn fwy a mwy diddorol!" gwaeddodd Alice
"This is getting more and more interesting!" cried Alice
Gallwch weld ei fod yn synnu
You can see she was very surprised
"Rwy'n agor allan fel y telesgop mwyaf a fu erioed!"
"I'm opening out like the largest telescope there ever was!"
"Hwyl fawr, traed! Fy nhraed bach tlawd"
"Good-bye, feet! Oh, my poor little feet"
"Tybed pwy fydd yn gwisgo eich esgidiau i chi nawr,
ddagrau?"
"I wonder who will put on your shoes for you now, dears?"
"A tybed pwy fydd yn gwisgo eich hosanau?"
"and I wonder who will put on your stockings?"
"Mi fydda i'n rhy bell i ffwrdd"
"I shall be a great deal too far away"
"Ni fyddaf yn gallu cael trafferth gyda chi mwyach"
"I won't be able trouble myself about you anymore"
Dim ond ar hyn o bryd ei phen yn taro yn erbyn rhywbeth
Just at this moment her head struck against something
Roedd hi wedi cyrraedd to'r neuadd
she had reached the roof of the hall
Mewn gwirionedd, roedd hi bellach yn fwy na dwy metr o
daldra
in fact, she was now more than two meters tall
Ac ar unwaith cymerodd yr allwedd aur fach
and she at once took up the little golden key
a hi a frysiodd i ddrws yr ardd
and she hurried off to the garden door
Alice druan! Doedd dim llawer y gallai hi ei wneud
Poor Alice! There was not much she could do
Mae hi'n gorwedd ar un ochr
she laid down on one side
ac edrychodd drwodd i'r ardd gydag un llygad
and she looked through into the garden with one eye
ond roedd mynd trwodd yn fwy anobeithiol nag erioed

but to get through was more hopeless than ever
Eisteddodd i lawr a dechrau crio eto
She sat down and began to cry again
Aeth ar daflu galwyni o ddagrau
She went on shedding gallons of tears
Yn fuan roedd pwll mawr o'i chwmpas hi
soon there was a large pool all around her
a chyrhaeddodd y dŵr hanner ffordd i lawr y neuadd
and the water reached half-way down the hall
Ar ôl ychydig o amser clywodd pattering bach o draed
After a time, she heard a little pattering of feet
Clywodd hi'r traed yn dod o'r pellter
she heard the feet coming from the distance
a sychodd ei llygaid ar frys i weld beth oedd yn dod
and she hastily dried her eyes to see what was coming
Yr oedd y Gwningen Gwyn yn dychwelyd
It was the White Rabbit returning
Cafodd ei wisgo yn ddi-fai
he was splendidly dressed
Roedd ganddo bâr o fenig gwyn mewn un llaw
he had a pair of white gloves in one hand
ac roedd ganddo gefnogwr plu mawr yn y llaw arall
and he had a large feather fan in the other hand
Daeth yn trafaelio ar frys mawr
He came trotting along in a great hurry
Ac efe a gwanodd iddo'i hun, "O! y dduges a'r dduges !"
and he muttered to himself, "Oh! the Duchess, the Duchess!"
"O! Fydd hi ddim yn gyndyn os dwi wedi ei chadw hi yn aros!"
"Oh! won't she be savage if I've kept her waiting!"

Pan ddaeth y gwningen yn agos ati, siaradodd Alice
When the Rabbit came near her, Alice spoke
Ond roedd hi'n siarad mewn llais isel, gwan
but she spoke in a low, timid voice
"Syr, stopiwch yr hyn rydych chi'n ei wneud am eiliad"
"sir, please stop what you're doing for one moment"
Cychwynnodd y cwningen yn dreisgar
The Rabbit startled violently
gollyngodd y menig gwyn a'r ffan plu
he dropped the white gloves and the feather fan
Ac efe a aeth ymaith i'r tywyllwch cyn gynted ag y gallai
and he scurried away into the darkness as fast as he could
Alice yn codi'r ffan plu a'r menig
Alice picked up the feather fan and gloves
ac roedd hi'n dal i ffansio ei hun tra roedd hi'n dal i siarad
and she kept fanning herself while she kept talking
"Annwyl iawn, annwyl! Mor rhyfedd yw popeth heddiw!
"Dear, dear! How strange everything is today!"
"Aeth pethau ymlaen fel arfer ddoe"

"yesterday things went on just as usual"
"A oeddwn i yr un peth pan godais y bore 'ma?"
"Was I the same when I got up this morning?"
"Os nad ydw i yr un peth, mae cwestiwn arall"
"But if I'm not the same, there is another question"
"Pwy yn y byd ydw i?"
"Who in the world am I?"
"O, dyna'r pos mawr!"
"Ah, that's the great puzzle!"
Wrth iddi ddweud hyn, roedd hi'n edrych i lawr ar ei dwylo
As she said this, she looked down at her hands
Roedd hi'n gwisgo un o fenig gwyn bach y cwningod
she was wearing one of the rabbits little white gloves
Doedd hi ddim wedi sylwi ei bod hi'n rhoi'r faneg ymlaen wrth siarad
she hadn't noticed she put the glove on while talking
"Sut alla i fod wedi gwneud hynny?" meddyliodd
"How can I have done that?" she thought
'Rhaid i mi dyfu eto'
"I must be growing small again"
Cododd ac aeth at y bwrdd i fesur ei thaldra
She got up and went to the table to measure her height
canfu ei bod bellach tua hanner medr o daldra
she found that she was now about half a meter tall
Ac roedd hi'n dal i grebachu'n gyflym
and she was still shrinking rapidly
Buan y darganfu beth oedd achos y crebachu
She soon found out what the cause of the shrinking was
Roedd y ffan plu yn ei gwneud hi'n llai eto!
the feather fan was making her smaller again!
ac fe ollyngodd hi'r gefnogwr plu yn frysiog
and she dropped the feather fan hastily
Gollyngodd y gefnogwr plu mewn pryd i achub ei hun
she dropped the feather fan just in time to save herself
Pe bai hi wedi ffansio ei hun mwyach byddai hi wedi crebachu'n gyfan gwbl
had she fanned herself any longer she would have shrunk

away entirely
"Roedd hynny'n ddihangfa gul!" meddai Alice
"That was a narrow escape!" said Alice
ac roedd hi'n dipyn o ofn ar y newid sydyn
and she was a good deal frightened at the sudden change
Ond roedd hi'n falch iawn o gael ei hun yn dal i fodoli
but she was very glad to find herself still in existence
"Ac yn awr, ewch i'r ardd!"
"And now, off to the garden!"
A rhedodd gyda phob cyflymder yn ôl i'r drws bach
And she ran with all speed back to the little door
Ond, gwaetha'r modd! Roedd y drws bach ar gau eto
but, alas! the little door was shut again
**Ac roedd yr allwedd aur fach yn gorwedd ar y bwrdd gwydr
eto**
and the little golden key was lying on the glass table again
**"Mae pethau'n waeth nag erioed," meddyliodd y plentyn
tlawd**
"Things are worse than ever," thought the poor child
"Doeddwn i erioed mor fach â hyn o'r blaen, byth!"
"I never was so small as this before, never!"
Fel y dywedodd hi y geiriau hyn, llithrodd ei droed
As she said these words, her foot slipped
Ac mewn eiliad arall roedd yna sblash gwych!
and in another moment there was a great splash!
Roedd hi i fyny at ei ên mewn dŵr hallt
she was up to her chin in salt-water
Ei syniad cyntaf oedd ei bod rywsut wedi syrthio i'r môr
Her first idea was that she had somehow fallen into the sea
Fodd bynnag, sylweddolodd yn fuan beth oedd hi yn
However, she soon realized what she was in
Roedd hi mewn pwll o ddagrau
she was in a pool of tears
**y dagrau yr oedd hi wedi wylo pan oedd hi'n ddwy fetr o
daldra**
the tears she had wept when she was two meters tall

Yna clywodd rywbeth
Just then she heard something
Roedd rhywbeth yn sblasio yn y pwll
something was splashing about in the pool
Daeth y sblasio o ychydig ffordd i ffwrdd
the splashing came from a little way off
a hi a dyngodd yn nes i weld beth oedd y sblasio
and she swam nearer to see what the splashing was
Gwelodd yn fuan mai dim ond ychydig o llygoden oedd hi
she soon saw that it was only a little mouse
Roedd y llygoden fach wedi llithro i mewn i'r dŵr hefyd
the little mouse had slipped in to the water too
Meddyliodd Alice ei hun am y sefyllfa
Alice thought to herself about the situation
"A fyddai o unrhyw ddefnydd i siarad â'r llygoden hon?"
"Would it be of any use to speak to this mouse?"
"Mae popeth yn dod i lawr yma"
"Everything is so up-side-down down here"
"Dylwn i feddwl yn debygol iawn y gall y llygoden hon siarad"
"I should think very likely this mouse can talk"

"Ar unrhyw gyfradd, nid oes unrhyw niwed wrth geisio"
"at any rate, there's no harm in trying"
Felly dechreuodd hi geisio siarad â'r llygoden
So she began trying to talk to the mouse
"Oh Mouse, ydych chi'n gwybod y ffordd allan o'r pwll hwn?"
"Oh Mouse, do you know the way out of this pool?"
"Dwi'n flinedig iawn o nofio o gwmpas fan hyn, Oh Mouse!"
"I am very tired of swimming about here, Oh Mouse!"
Edrychodd y llygoden arni braidd yn chwilfrydig
The mouse looked at her rather inquisitively
Mae'n ymddangos bod y llygoden yn gwingo gydag un o'i lygaid bach
the mouse seemed to wink with one of its little eyes
Ond nid yw'r llygoden fach yn dweud dim
but the little mouse said nothing
"Efallai nad yw'r llygoden yn deall Saesneg," meddyliodd Alice
"Perhaps the mouse doesn't understand English," thought Alice
"Rwy'n meiddio dweud ei fod yn llygoden Ffrengig"
"I dare say it's a French mouse"
"Efallai bod y llygoden hon wedi dod drosodd gyda William y Concwerwr"
"perhaps this mouse came over with William the Conqueror"
Dechreuodd eto, yn Ffrangeg
So she began again, in French
"Ble mae fy nghath i?" gofynnodd yn Ffrangeg
"Where is my cat?" she asked in French
hwn oedd y frawddeg gyntaf yn ei werslyfr Ffrangeg
it was the first sentence in her French lesson-book
Rhoddodd y llygoden naid sydyn allan o'r dŵr
The Mouse gave a sudden leap out of the water
ac roedd y llygoden yn ymddangos i chwifio drosodd gyda ofn
and the mouse seemed to quiver all over with fright

"O, erfyniaf ar eich pardon!" gwaeddodd Alice ar frys.
"Oh, I beg your pardon!" cried Alice hastily
roedd arni ofn ei bod wedi brifo teimladau'r anifail tlawd
she was afraid that she had hurt the poor animal's feelings
"Roeddwn i'n anghofio nad oeddech chi'n hoffi cathod"
"I quite forgot you didn't like cats"
"Dydw i ddim yn hoffi cathod!" gwaeddodd y Llygoden
mewn llais gleisiol, angerddol
"I don't like cats!" cried the Mouse in a shrill, passionate voice
"Fyddet ti'n hoffi cathod pe bai ti'n fi?"
"Would you like cats, if you were me?"
Cysurodd Alice y llygoden mewn tôn lleddfol
Alice comforted the mouse in a soothing tone
"Wel, efallai na fyddwn i'n hoffi cathod pe bawn i ti
chwaith"
"Well, perhaps I would not like cats if I were you either"
"Peidiwch â bod yn ddig am y sôn am gathod"
"please don't be angry about the mention of cats"
Ac eto yr wyf yn dymuno gallwn i ddangos i chi ein cath
Dina. "
"And yet I wish I could show you our cat Dinah"
"Pe baech chi'n cwrdd â hi, rwy'n credu y byddech chi'n
cymryd ffansi i gathod"
"if you met her I think you'd take a fancy to cats"
'Pe byddech chi'n ei gweld hi yn unig'
"if you could only see her"
"Mae hi'n beth mor annwyl a thawel"
"She is such a dear, quiet thing"
Roedd y llygoden yn ysgwyd ar hyd a lled
The mouse was shaking all over
Roedd Alice yn teimlo'n sicr bod yn rhaid tramgwyddo'r
llygoden mewn gwirionedd
Alice felt certain the mouse must be really offended
"Fyddwn ni ddim yn siarad amdano mwyach, os byddai'n
well gennych chi beidio â gwneud hynny"
"We won't talk about her any more, if you'd rather not"
"Ydym, yn wir!" gwaeddodd y llygoden

"We, indeed!" cried the Mouse

roedd y llygoden yn crynu i lawr hyd at ddiwedd ei gynffon
the mouse was trembling down to the end of its tail
"Fel pe bawn i'n siarad am bwnc o'r fath!"
"As if I would talk on such a subject!"
"Roedd ein teulu ni wastad yn casáu cathod"
"Our family always hated cats"
"cathod; pethau cas, isel, di-fwlch!"
"cats; nasty, low, vulgar things!"
"Peidiwch â gadael i mi wybod yr enw eto!"
"Don't let me hear the name again!"
"Wna i ddim sôn am gathod eto yn wir!" meddai Alice
"I won't mention cats again indeed!" said Alice
Roedd hi ar frys i newid y pwnc
she was in a great hurry to change the subject
"Ydych chi'n... Ydych chi'n hoff o cŵn?"
"Are you... are you fond of dogs?"
"Mae ci bach mor braf yn agos i'n tŷ ni,"
"There is such a nice little dog near our house,"
"Mi ddylwn i ddangos y ci bach i chi!"
"I should like to show you the little dog!"
"Mae'r ci bach yma yn lladd yr holl lygod mawr a...
"this little dog kills all the rats and...
"O, annwyl!" gwaeddodd Alice mewn tôn drist
"oh, dear!" cried Alice in a sorrowful tone
"Rwy'n ofni fy mod wedi eich sarhau eto!"
"I'm afraid I've offended you again!"
roedd y llygoden yn nofio i ffwrdd oddi wrthi cyn gynted ag y gallai fynd
the mouse was swimming away from her as fast as it could go
a gwnaeth y llygoden gryn gynnwrf yn y pwll
and the mouse made quite a commotion in the pool
Felly galwodd yn feddal ar ôl y llygoden
So she called softly after the mouse
"Annwyl llygoden, dewch yn ôl!"
"my dear mouse, please come back!"
"Fyddwn ni ddim yn siarad am gathod"

"and we won't talk about cats"
"A does dim rhaid i ni siarad am gŵn chwaith"
"and we don't have to talk about dogs either"
Pan glywodd y llygoden hyn, fe drodd o gwmpas
When the mouse heard this, it turned around
a'r llygoden fach yn swatio'n araf yn ôl ati
and the little mouse swam slowly back to her
Roedd wyneb y llygoden yn eithaf llachar
the mouse's face was quite pale
a'r llygoden yn siarad, mewn llais isel, crynu
and the mouse spoke, in a low, trembling voice
'Gadewch i ni fynd i'r lan'
"Let us get to the shore"
"Ac yna byddaf yn dweud fy hanes wrthych"
"and then I'll tell you my history"
"A byddwch yn deall pam ei fod yn Rwy'n casáu cathod a chŵn"
"and you'll understand why it is I hate cats and dogs"
Roedd hi'n hen bryd mynd
It had become high time to go
oherwydd bod y pwll yn mynd yn eithaf gorlawn
because the pool was getting quite crowded
Roedd adar ac anifeiliaid eraill wedi syrthio i'r pwll
other birds and animals had fallen into the pool
roedd Hwyaden a Dodo
there were a Duck and a Dodo
ac yr oedd aderyn Lory a Eryr
and there was a Lory bird and an Eaglet
ac yr oedd sawl creadur diddorol arall yn edrych
and there were several other interesting looking creatures
Alice yn arwain y ffordd allan o'r pwll
Alice led the way out the pool
a'r holl barti o anifeiliaid yn nofio i'r lan
and the whole party of animals swam to the shore

Ras cacws a chynffon hir

A caucus race and a long tail

Yn wir, roedden nhw'n griw doniol o anifeiliaid
They were indeed a funny-looking bunch of animals
Ac maent i gyd yn ymgynnull ar lan y dŵr
and they all assembled on the water's bank
Roedd gan yr adar i gyd blu bedraggled
the birds all had bedraggled feathers
a'r anifeiliaid blewog yn cael eu socian trwy
and the furry animals were soaked through
**ac roedd pob un yn diferu gwlyb, cythruddo ac
anghyfforddus**
and all were dripping wet, annoyed and uncomfortable

Roedd un cwestiwn yr oedd yn rhaid ei ateb yn gyntaf
there was one question that had to be answered first
Beth yw'r ffordd orau i bawb fynd yn sych?
what is the best way for everyone to get dry?
Cawsant ymgynghoriad ar y mater hwn
They had a consultation about this matter
yn fuan roedden nhw i gyd ar delerau cyfarwydd
soon they were all on familiar terms
Roedd hi fel petai hi wedi eu hadnabod ar hyd ei hoes.
it was as if she had known them all her life
ymddengys bod y llygoden yn berson o ryw awdurdod

the mouse seemed to be a person of some authority
"Eisteddwch i lawr, bawb, a gwrandewch arnaf!
"Sit down, all of you, and listen to me!
"Byddaf yn eich gwneud chi i gyd yn sych eto!"
"I'll soon make you all dry again!"
Maent i gyd yn eistedd i lawr ar unwaith, mewn cylch mawr
They all sat down at once, in a large ring
a'r llygoden fach yn eistedd yn y canol
and the little mouse sat in the middle
'Ahem!' meddai'r llygoden gydag aer pwysig
"Ahem!" said the mouse with an important air
"Ydych chi i gyd yn barod?"
"Are you all ready?"
"Dyma'r peth mwyaf sych dwi'n ei wybod"
"This is the driest thing I know"
"Tawelwch o gwmpas, os gwelwch yn dda!"
"Silence all around, if you please!"
"William y Concwerwr yn cael ei ffafrio gan y pab"
"William the Conqueror was favoured by the pope"
"ond yn fuan fe'i cyflwynwyd iddo gan y Saeson"
"but he was soon submitted to by the English"
"Roedden nhw eisiau arweinwyr hwyr"
"they wanted leaders of late"
"Ac roedden nhw wedi arfer â grym a choncwest"
"and they had been accustomed to power and conquest"
"Edwin a Morcar, Ieirll Mercia a Northumbria"
"Edwin and Morcar, the Earls of Mercia and Northumbria"
"Ugh!" meddai aderyn y lori, gyda shiver
"Ugh!" said the lori bird, with a shiver
"a hyd yn oed Stigand, archesgob gwladgarol Caergaint"
"and even Stigand, the patriotic archbishop of Canterbury"
"Roedd hefyd yn cael ei argymell"
"he also found it advisable"
"Beth wnaeth e ddod o hyd i gyngor?" meddai'r Hwyaden
"What did he find advisable?" said the duck
**"Roedd yn ei chael yn argymell" atebodd y llygoden braidd
yn groeslon**

"He found it advisable" the mouse replied rather crossly
Ond nid oedd yr hwyaden yn fodlon
but the duck was not satisfied
"Wrth gwrs, rydych chi'n gwybod beth mae 'e' yn ei olygu"
"of course, you know what 'it' means"
**"Dwi'n gwybod beth yw 'o' pan dwi'n ffeindio peth,"
meddai'r hwyaden**
"I know what 'it' is when I find a thing," said the duck
"Yn gyffredinol, mae'n lyfli neu'n llyngyr"
"it's generally a frog or a worm"
"Y cwestiwn yw, beth ddaeth yr archesgob?"
"The question is, what did the archbishop find?"
Ni sylwodd y llygoden ar y cwestiwn hwn
The mouse did not notice this question
**Yn lle hynny, aeth y llygoden ymlaen yn gyflym gyda'r
araith**
instead, the mouse hurriedly went on with the speech
"Roedd yn ddoeth mynd gydag Edgar Atheling"
"he found it advisable to go with Edgar Atheling"
'Cyfarfod William a chynnig iddo y goron'
"to meet William and offer him the crown"
parhaodd y llygoden, gan droi at Alice wrth iddo siarad
the mouse continued, turning to Alice as it spoke
"Sut wyt ti'n dod ymlaen nawr, fy mab?""
"How are you getting on now, my dear?"
"Mor wlyb ag erioed," meddai Alice mewn tôn melancholy
"As wet as ever," said Alice in a melancholy tone
**"Nid yw'n ymddangos bod y stori hon yn fy syfrdanu o
gwbl"**
"this story doesn't seem to dry me at all"
**"Yn yr achos hwnnw," meddai'r dodo yn ddifrifol, gan godi
i'w draed**
"In that case," said the dodo solemnly, rising to its feet
"Rwy'n pleidleisio bod y cyfarfod yn cael ei ohirio"
"I vote that the meeting be adjourned"
**"ac rwy'n cynnig mabwysiadu rhwymedïau mwy egnïol ar
unwaith"**

"and I propose an immediate adoption of more energetic remedies"

"Dywedwch eiriau go iawn!" meddai'r eryr

"Speak real words!" said the eaglet

"Dwi ddim yn gwybod ystyr hanner y geiriau hir"

"I don't know the meaning of half of those long words"

"Ac yn fwy na hynny, dwi ddim yn credu eich bod chi'n gwybod chwaith!"

"and, what's more, I don't believe you know either!"

"Yr hyn roeddwn i'n mynd i'w ddweud," meddai'r dodo mewn tôn tramgwyddedig

"What I was going to say," said the dodo in an offended tone

"Y peth gorau i'n cael ni'n sych fyddai ras-caucus"

"the best thing to get us dry would be a caucus-race"

'Beth yw ras cacws?' meddai Alice

"What is a caucus-race?" said Alice

"Wel," meddai'r dodo, "y ffordd orau i'w esbonio yw ei wneud"

"Well," said the dodo, "the best way to explain it is to do it"

"Yn gyntaf, nododd y dodo gwrs hil"

"First the dodo marked out a race-course"

"Roedd y trac mewn rhyw fath o gylch"

"the track was in a sort of circle"

"Ac yna cafodd yr holl blaid eu rhoi ar hyd y cwrs"

"and then all the party were placed along the course"

Doedd dim un "un, dau, tri ac i ffwrdd!"
There was no "One, two, three and away!"
ond dechreuon nhw redeg pan oedden nhw'n hoffi
but they began running when they liked
Ac fe orffennon nhw hefyd pan oedden nhw'n hoffi
and they also finished when they liked
felly doedd hi ddim yn hawdd gwybod pryd oedd y ras drosodd
so it was not easy to know when the race was over
Ar ôl hanner awr neu ddwy o redeg roedden nhw i gyd yn eithaf sych
after half an hour or so of running they were all quite dry
gwaeddodd y dodo yn sydyn, "Mae'r ras drosodd!"
the dodo suddenly called out, "The race is over!"
ac roedden nhw i gyd yn orlawn o gwmpas y dodo
and they all crowded around the dodo
Roedd yr holl anifeiliaid yn pallu ac yn puffing
all the animals were panting and puffing
Ac roedden nhw i gyd eisiau gwybod, "Ond pwy sydd wedi ennill?"
and they all wanted to know, "But who has won?"
Y cwestiwn hwn na allai'r dodo ateb ar unwaith
This question the dodo could not immediately answer
Yn gyntaf, roedd yn rhaid gwneud llawer o feddwl
first he had to do a great deal of thinking
Ar ôl llawer o feddwl, siaradodd y Dodo o'r diwedd
after much thinking, the dodo finally spoke
"Mae pawb wedi ennill, ac mae'n rhaid i bawb gael gwobrau"
"Everybody has won, and all must have prizes"
"Ond pwy sydd i roi'r gwobrau?" gofynnodd corws o leisiau
"But who is to give the prizes?" asked a chorus of voices
"Wel, wrth gwrs, mae hi," meddai'r dodo
"Well, she, of course," said the dodo
a'r dodo yn pwyntio gydag un bys at Alice
and the dodo pointed with one finger to Alice
a'r parti cyfan o anifeiliaid yn orlawn o'i chwmpas

and the whole party of animals crowded around her

Roedden nhw'n gweiddi, mewn ffordd ddryslyd, "Gwobrau! Gwobrau!"

they called out, in a confused way, "Prizes! Prizes!"

Doedd gan Alice ddim syniad beth i'w wneud

Alice had no idea what to do

Mewn anobaith, rhoddodd ei llaw yn ei phoced

in despair she put her hand into her pocket

ac fe dynnodd hi allan flwch o losin

and she pulled out a box of sweets

Yn ffodus nid oedd y dŵr halen wedi mynd i mewn i'r blwch

luckily the salt-water had not got into the box

a hi a roddodd y losin o gwmpas fel gwobrau

and she handed the sweets around as prizes

Roedd un darn yn union i bawb

There was exactly one piece for everyone

Y peth nesaf y bu'n rhaid iddyn nhw ei wneud oedd bwyta'r losin

The next thing they had to do was to eat the sweets

Mae hyn yn achosi rhywfaint o sŵn a dryswch

this caused some noise and confusion

cwynai'r adar mawr na allent flasu eu melysion

the large birds complained that they could not taste their sweets

y rhai bach tagu a bu'n rhaid eu patio ar y cefn

the small ones choked and had to be patted on the back

Fodd bynnag, o'r diwedd daeth i ben

However, it was over at last

ac maent yn eistedd i lawr eto mewn cylch

and they sat down again in a ring

ac maent yn erfyn ar y llygoden i ddweud rhywbeth mwy wrthynt

and they begged the mouse to tell them something more

"Fe wnaethoch chi addo dweud wrthyf eich hanes, wyddoch chi," meddai Alice

"You promised to tell me your history, you know," said Alice

ac fe wnaeth sylw bach arall am gathod mewn sibrwd
and she made another little remark about cats in a whisper
Doedd hi ddim eisiau tramgwyddo'r llygoden eto
she didn't want to offend the mouse again
trodd y llygoden fach at Alice ac ochneidio
the little mouse turned to Alice and sighed
"Mae fy stori i yn un hir ac yn un trist!"
"Mine is a long and a sad tale!"
"Mae'n cynffon hir, yn sicr," meddai Alice
"It is a long tail, certainly," said Alice
ac edrychodd i lawr gyda rhyfeddod ar gynffon y llygoden
and she looked down with wonder at the mouse's tail
"Ond pam wyt ti'n ei alw'n gynffon drist?"
"but why do you call it a sad tail?"
Ac roedd hi'n cadw ar dyrnu amdano tra roedd y llygoden
yn siarad
And she kept on puzzling about it while the mouse was
speaking
fel bod ei syniad o'r stori yn rhywbeth fel hyn
so that her idea of the tale was something like this

"Fury said to
a mouse, That
he met in the
house, 'Let
us both go
to law: *I*
will prosecute
you.——
Come, I'll
take no denial:
We must have
the trial;
For really
this morning
I've
nothing
to do.'
Said the
mouse to
the cur,
'Such a
trial, dear
sir, With
no jury
or judge,
would
be wasting
our
breath.'
'I'll be
judge,
I'll be
jury,'
said
cunning
old
Fury;
'I'll
try
the
whole
cause,
and
condemn
you to
death.'"

Dywedodd Fury wrth lygoden, Fod iddo gwrdd yn y tŷ. "

Fury said to a mouse, That he met in the house"

Gadewch i'r ddau ohonom fynd i'r gyfraith: Fe'ch erlyniaf

Let us both go to law: I will prosecute you

Dewch, ni fyddaf yn cymryd unrhyw wrthod: Rhaid i ni gael y treial

Come, I'll take no denial: We must have the trial

Y bore yma does gen i ddim byd i'w wneud

For really this morning I've nothing to do

Dywedodd y llygoden wrth y cyrch;

Said the mouse to the cur;
Byddai treial o'r fath, annwyl syr, heb reithgor na barnwr, yn gwastraffu ein hanadl
Such a trial, dear sir, With no jury or judge, would be wasting our breath
"Byddaf yn barnu, byddaf yn rheithgor," meddai Cunning old Fury
"I'll be judge, I'll be jury," said cunning old Fury
Byddaf yn rhoi cynnig ar yr holl achos, ac yn eich condemnio i farwolaeth.
I'll try the whole cause, and condemn you to death
Siaradodd y llygoden yn ddifrifol ag Alice
the mouse spoke severely to Alice
'Dwyt ti ddim yn talu sylw!'
"You are not paying attention!"
"Am beth ydych chi'n meddwl?"
"What are you thinking of?"
"Mae'n ddrwg gen i'ch pardon," meddai Alice yn ostyngedig iawn
"I beg your pardon," said Alice very humbly
"Rydych chi wedi cyrraedd y pumed tro, dwi'n meddwl?"
"you had got to the fifth bend, I think?"
"Rydych chi'n fy sarhau trwy siarad y fath nonsens!"
"You insult me by talking such nonsense!"
a chododd y llygoden a cherdded i ffwrdd
and the mouse got up and walked away
Alice yn galw ar ôl y llygoden fach
Alice called after the little mouse
Dewch yn ôl a gorffen eich stori!
"Please come back and finish your story!"
Ac ymunodd y lleill i gyd mewn corws
And the others all joined in chorus
"Ie, gorffennwch eich stori os gwelwch yn dda!"
"Yes, please do finish your story!"
Ond dim ond ysgwyd ei ben yn ddiamynedd wnaeth y llygoden
But the mouse only shook its head impatiently

a'r llygoden fach yn cerdded ychydig yn gyflymach
and the little mouse walked a little quicker
"Hoffwn pe bai gen i Dina ein cath yma!" meddai Alice
"I wish I had Dinah, our cat, here!" said Alice
Achosodd hyn deimlad rhyfeddol ymhlith y parti
This caused a remarkable sensation among the party
Cerddodd rhai o'r adar ar unwaith
Some of the birds hurried off at once
a Dedwydd a alwyd allan mewn llais crynu, i'w phlant;
and a Canary called out in a trembling voice, to its children;
"Dewch i ffwrdd, fy mreichion!"
"Come away, my dears!"
"Mae'n hen bryd i chi i gyd fod yn y gwely!"
"It's high time you were all in bed!"
gyda gwahanol esgusodion aethant i ffwrdd
with various excuses they all went away
a chyn hir cafodd Alice ei adael ar ei ben ei hun
and Alice was soon left alone
"Hoffwn pe bawn i ddim wedi sôn am Dinbych!"
"I wish I hadn't mentioned Dinah!"
'Does neb yn ei hoffi hi yma'
"Nobody seems to like her down here"
"Ond dwi'n siŵr mai hi yw'r gath orau yn y byd!"
"but I'm sure she's the best cat in the world!"
Alice druan yn dechrau crio eto
Poor Alice began to cry again
Oherwydd ei bod yn teimlo'n unig iawn ac yn isel ei ysbryd
because she felt very lonely and low-spirited
Ond ymhen ychydig wedyn, clywodd hi rywbeth eto
In a little while, however, she again heard something
pattering bach o ôl troed yn y pellter
a little pattering of footsteps in the distance
ac edrychodd yn eiddgar
and she looked up eagerly

Y gwningen yn anfon ychydig Mr Bill i mewn
The rabbit sends in little Mr Bill

Yr oedd y gwningen wen, trotian yn araf yn ôl eto
It was the white rabbit,trotting slowly back again
Roedd yn edrych yn bryderus wrth iddo fynd
he was looking about anxiously as he went
Roedd yn edrych fel petai wedi colli rhywbeth
he looked as if he had lost something
Clywodd Alice e'n drywanu iddo'i hun
Alice heard him muttering to himself
Y Dduges! Y Dduges! Oh my annwyl paws!"
"The Duchess! The Duchess! Oh, my dear paws!"
"Oh my fur and whiskers!"
"Oh, my fur and whiskers!"
"Bydd hi'n fy ngwneud i'n euog, rwy'n siŵr o hynny"
"She'll get me executed, I'm sure of that"
"Yr un mor sicr â ffuredau yn ffurets!"
"just as sure as ferrets are ferrets!"
"Ble alla i fod wedi gollwng fy mhethau, tybed?"

"Where can I have dropped my things, I wonder?"
Dyfalodd Alice mewn eiliad yr hyn yr oedd yn chwilio amdano
Alice guessed in a moment what he was looking for
Roedd yn chwilio am y cefnogwr plu
he was looking for the feather fan
ac roedd yn chwilio am y pâr o fenig gwyn
and he was looking for the pair of white gloves
Felly dechreuodd hi'n dda iawn ei natur chwilio am y menig
so she very good-naturedly began looking for the gloves
ac roedd hi'n chwilio am y cefnogwr plu hefyd
and she looked for the feather fan too
ond doedd y menig a'r ffan plu yn unman i'w weld
but the gloves and feather fan were nowhere to be seen
Roedd popeth fel petai wedi newid ers iddi nofio yn y pwll
everything seemed to have changed since her swim in the pool
Doedd dim byd yr un fath ers iddi fod yn y Neuadd Fawr
nothing was the same since she had been in the great hall
ac roedd y bwrdd gwydr wedi diflannu
and the glass table had vanished
Doedd y drws bach ddim yno chwaith
and the little door wasn't there either
Yn fuan iawn sylwodd y gwningen Alice
Very soon the rabbit noticed Alice
galwodd ati mewn tôn blin
he called to her in an angry tone
"Beth wyt ti'n ei wneud yma?"
"Mary Ann, what are you doing out here?"
'Cerdded adref ar hyn o bryd'
"Run home this moment"
"A nôl pâr o fenig a ffan plu i fi!"
"and fetch me a pair of gloves and a feather fan!"
"Byddwch yn gyflym am y peth!"
"and be quick about it!"
Siaradodd Alice â'i hun wrth iddi redeg i ffwrdd
Alice spoke to herself as she ran off
"Mae'n rhaid ei fod wedi fy nghamgymryd i am ei forwyn

tŷ!"
"He must have mistaken me for his housemaid!"
"Pa mor synnu fydd e pan fydd e'n darganfod pwy ydw i!"
"How surprised he'll be when he finds out who I am!"
Wrth iddi ddweud hyn, daeth ar dŷ bach taclus
As she said this, she came upon a neat little house
Ar ddrws y tŷ roedd plât pres llachar
on the door of the house was a bright brass plate
"W. CWNINGEN"
"W. RABBIT"
Aeth i mewn heb guro ar y drws
She went in without knocking on the door
a brysiodd yn syth i fyny'r grisiau
and she hurried straight upstairs
roedd hi'n poeni y gallai gwrdd â'r Mary Ann go iawn
she worried that she might meet the real Mary Ann
oherwydd yna byddai'n cael ei droi allan o'r tŷ
because then she would be turned out of the house
ac ni fyddai hi'n gallu dod o hyd i'r ffan plu a'r menig
and she wouldn't be able to find the feather fan and gloves
Alice wedi dod o hyd ei ffordd i mewn i ystafell fach daclus
Alice had found her way into a tidy little room
Yn yr ystafell roedd bwrdd wrth y ffenestr
in the room was a table by the window
ac ar y bwrdd roedd ffan plu
and on the table was a feather fan
Ac roedd dau neu dri phâr o fenig gwyn bach
and there were two or three pairs of tiny white gloves
Cododd y ffan plu a phâr o'r menig
she picked up the feather fan and a pair of the gloves
Roedd hi ar fin gadael yr ystafell
and she was just about to leave the room
ond yna syrthiodd ei llygaid ar botel fach
but then her eyes fell upon a little bottle
Gollyngodd y botel a'i rhoi ar ei gwefusau
She uncorked the bottle and put it to her lips
"Rwy'n gobeithio y bydd yn gwneud i mi dyfu i fyny eto"

"I do hope it'll make me grow large again"
"Rydw i wedi blino bod yn rhywbeth mor fach!"
"I'm tired of being such a tiny little thing!"
Prin fod Alice wedi yfed hanner y botel
Alice had hardly drunk half the bottle
Roedd ei phen eisoes yn pwyso yn erbyn y nenfwd
her head was already pressing against the ceiling
A bu'n rhaid iddi ymostwng
and she had to stoop down
i achub ei gwddf rhag cael ei dorri
to save her neck from being broken
Mae hi'n rhoi'r botel i lawr ar frys
She hastily put down the bottle
'Mae hynny'n ddigon'
"That's quite enough"
"Dw i'n gobeithio nad ydw i'n tyfu bellach"
"I hope I don't grow anymore"
Alas! Roedd hi'n rhy hwyr i ddymuno hynny!
Alas! It was too late to wish that!
Aeth ymlaen i dyfu a thyfu
She went on growing and growing
ac yn fuan iawn bu'n rhaid iddi benlinio i lawr ar y llawr
and very soon she had to kneel down on the floor
A hyd yn oed wedyn aeth hi ymlaen i dyfu
and even then she went on growing
fel adnodd olaf rhoddodd un fraich allan o'r ffenestr
as a last resource she put one arm out of the window
a rhoddodd un droed i fyny'r simnai
and she put one foot up the chimney
"Alla i ddim gwneud dim mwy, beth bynnag sy'n digwydd."
"Now I can do no more, whatever happens"
"Beth fydd yn digwydd i mi?"
"What will become of me?"

Alice yn cael lwc
Alice had a spot of luck
Roedd y botel fach hud wedi cael ei effaith lawn
the little magic bottle had had its full effect
ac ni thyfodd Alice fwy nag yr oedd hi
and Alice grew no larger than she was
Ar ôl ychydig funudau clywodd lais y tu allan
After a few minutes she heard a voice outside
Stopiodd i wrando ar y llais
and she stopped to listen to the voice
Mary Ann! Mary Ann " meddai'r llais
"Mary Ann! Mary Ann!" said the voice
"Nôl fy menig i mi y funud yma!"
"Fetch me my gloves this moment!"
Yna daeth pattering bach o draed ar y grisiau
Then came a little pattering of feet on the stairs
Roedd Alice yn gwybod mai'r gwningen oedd yn dod i chwilio amdani
Alice knew it was the rabbit coming to look for her
Ac roedd hi'n crynu nes iddi ysgwyd y tŷ

and she trembled till she shook the house
anghofiodd yn llwyr beth oedd ei chyfranau
she quite forgot what her proportions were
roedd hi fil o weithiau mor fawr â'r gwningen
she was a thousand times as large as the rabbit
ac nid oedd ganddi reswm i fod yn ofni cwningen
and she had no reason to be afraid of a rabbit
Ar hyn o bryd daeth y gwningen i fyny at y drws
Presently the rabbit came up to the door
a cheisiodd y gwningen fach agor y drws
and the little rabbit tried to open the door
Y drws yn dechrau agor i mewn
the door started to open inwards
ond pwyswyd penelin Alice yn galed yn erbyn y drws
but Alice's elbow was pressed hard against the door
Profodd yr ymgais honno yn fethiant
that attempt proved a failure
Clywodd Alice y gwningen yn siarad â'i hun
Alice heard the rabbit speak to himself
"Yna byddaf yn mynd o gwmpas ac yn mynd i mewn trwy'r ffenestr"
"Then I'll go around and get in through the window"
'Na wnei di ddim!' meddyliodd Alice
"That you won't!" thought Alice
Ac roedd hi'n aros ychydig eto
and she waited a little again
Yn fuan clywodd y gwningen ychydig o dan y ffenestr
soon she heard the rabbit just under the window
Estynnodd ei llaw yn sydyn
she suddenly spread out her hand
ac fe wnaeth hi fagl yn yr awyr
and she made a snatch in the air
Doedd hi ddim yn cael gafael ar unrhyw beth
She did not get hold of anything
Ond clywodd ychydig o shriek a chwymp
but she heard a little shriek and a fall
a chlywodd hi ddamwain o wydr wedi torri

and she heard a crash of broken glass
Efallai bod y gwningen wedi disgyn
perhaps the rabbit had fallen
Efallai ei fod wedi bod mewn tŷ gwydr
maybe he was in a green-house
Nesaf daeth llais dig; llais y gwningen
Next came an angry voice; the rabbit's voice
"Lle wyt ti?"
"Pat, where are you?"
Ac yna daeth llais nad oedd hi erioed wedi'i glywed o'r blaen
And then came a voice she had never heard before
"Eich anrhydedd, rydw i yma!"
"your honour, I'm here!"
"Rwy'n cloddio am afalau"
"I'm digging for apples"
Yma! Dewch i helpu fi allan o hyn!"
"Here! Come and help me out of this!"
"Dywedwch wrthyf nawr, Pat, beth sydd yn y ffenestr?"
"Now tell me, Pat, what's that in the window?"
"Cadarn, eich anrhydedd, byddaf yn dweud wrthych"
"Sure, your honour, I will tell you"
"Mae'n fraich sydd yn y ffenestr!"
"it's an arm that's in the window!"
"Wel, does gan fraich ddim busnes yno"
"Well, an arm has no business there"
"Dos a chymryd y fraich i ffwrdd!"
"go and take the arm away!"
Cafwyd tawelwch hir ar ôl hyn
There was a long silence after this
a doedd Alice ond yn gallu clywed sibrwd nawr ac wedyn
and Alice could only hear whispers now and then
Ac o'r diwedd lledodd ei llaw eto
and at last she spread out her hand again
a gwnaeth gip arall yn yr awyr
and she made another snatch in the air
Y tro hwn roedd dau gacen fach

This time there were two little shrieks
ac roedd mwy o synau gwydr wedi torri
and there was more sounds of broken glass
"Tybed beth fyddan nhw'n ei wneud nesaf!" meddai Alice
"I wonder what they'll do next!" thought Alice
"Rwy'n dymuno y byddan nhw'n fy ngwthio allan o'r ffenest"
"I wish they would pull me out the window"
Roedd hi'n aros am beth amser
She waited for some time
Ond ni chlywodd hi ddim mwy am ychydig
but for a while she didn't hear anything more
O'r diwedd daeth sibrwd o olwynion bach
At last came a rumbling of little wheels
a daeth sŵn llawer o leisiau da
and there came the sound of a good many voices
Roedd yr holl lleisiau'n siarad gyda'i gilydd
all the voices were talking together
Gallai wneud rhai o'r geiriau
She could make out some of the words
"Ble mae'r ysgol arall?"
"Where's the other ladder?"
'Bil yn cael yr ysgol arall'
"Bill's got the other ladder"
"Dewch, dewch yma!"
"Bill, come here!"
"A fydd y toes yn dwyn y llwyth?"
"Will the roof bear the load?"
"Pwy sydd eisiau mynd i lawr y simnai?"
"Who wants to go down the chimney?"
"Na, wna i ddim! Rydych chi'n ei wneud! "
"Nay, I shall not! You do it!"
'Wel, Bill!'
"Here, Bill!"
"Mae'r meistr yn dweud bod yn rhaid i chi fynd lawr y simnai!"
"The master says you've got to go down the chimney!"

Tynnodd Alice ei throed mor bell i lawr y simnai ag y gallai
Alice drew her foot as far down the chimney as she could
Ac yna arhosodd i weld beth oedd yn dod
and then she waited to see what was coming
Clywodd ychydig o sgramblo a chrafu anifeiliaid
she heard a little animal scratching and scrambling
Rhaid i'r anifail bach fod yn y simnai
the little animal must be in the chimney
yna rhoddodd un gic miniog
then she gave one sharp kick
Roedd hi'n aros i weld beth fyddai'n digwydd nesaf
and she waited to see what would happen next
Clywodd gorws cyffredinol o leisiau
she heard a general chorus of voices
'Mae Billy yn mynd!' medden nhw i gyd
"There goes Bill!" they all said
Yna clywodd lais y gwningen ar ei phen ei hun
then she heard the rabbit's voice alone
"Ti wrth y gwrych, dala fe!"
"You by the hedge, catch him!"
Cafwyd munud arall o dawelwch
there was another moment of silence
ac yna cafwyd dryswch arall o leisiau
and then there was another confusion of voices
"Daliwch eich pen, Brandy"
"Hold up his head, Brandy"
"Byddwch yn ofalus i beidio â'i dwyllo"
"be careful not to choke him"
"Beth ddigwyddodd i ti?"
"What happened to you?"
Last came a little wanble, squeaking voice
Last came a little feeble, squeaking voice
"Dydw i ddim yn gwybod mwy"
"Well, I hardly know no more"
"Diolch i chi i gyd, rwy'n well nawr"
"thank you all, I'm better now"
'Un peth y gallaf gofio'

"there is one thing I can remember"
"Mae rhywbeth yn dod arna i fel trên mewn twnnel"
"something comes at me like a train in a tunnel"
"Ac i fyny dwi'n hedfan fel roced awyr!"
"and up I fly like a sky-rocket!"
Cafwyd munud neu ddau o dawelwch
there was a minute or two of silence
Yna dechreuon nhw symud o gwmpas eto
and then they began moving about again
a chlywodd Alice y Gwningen yn siarad eto
and Alice heard the Rabbit speak again
"Bydd gwrach yn ei wneud, i ddechrau"
"A barrowful will do, to begin with"
"Pwy?" meddyliodd Alice
"A barrowful of what?" thought Alice
Ond chafodd hi ddim ei chadw mewn grym am amser hir
But she was not kept in suspense for long
Daeth cawod o gerrig mân drwy'r ffenestr
a shower of little pebbles came through the window
a rhai o'r peblau bach yn ei tharo yn ei hwyneb
and some of the little pebbles hit her in the face
Roedd Alice yn synnu am y cerrig bach
Alice was surprised about the little pebbles
Roedd yr holl gerrig mân yn troi'n gacennau
all the little pebbles were turning into cakes
a daeth syniad disglair i mewn i'w phen
and a bright idea came into her head
"Rhaid i mi fwyta un o'r cacennau hyn"
"I should eat one of these cakes"
**"Mae cacen yn sicr o wneud rhywfaint o newid yn fy maint
i"**
"cake is sure to make some change in my size"
Felly llyncu un o'r cacennau
So she swallowed one of the cakes
**ac roedd hi'n falch iawn o ddarganfod ei bod wedi dechrau
crebachu**
and she was delighted to find that she began shrinking

Cyn bo hir roedd hi'n ddigon bach i fynd drwy'r drws
soon she was small enough to get through the door
Rhedodd hi allan o'r tŷ
she ran out of the house
Roedd torf o anifeiliaid bach ac adar yn aros y tu allan
a crowd of little animals and birds were waiting outside
Rhuthrodd yr holl adar ac anifeiliaid bach yn Alice
all the little birds and animals rushed at Alice
Ond rhedodd hi i ffwrdd cyn gynted ag y gallai
but she ran off as fast as she could
ac yn fuan cafodd ei hun yn ddiogel mewn pren trwchus
and soon she found herself safe in a thick wood
Alice yn crwydro yn y coed
Alice wandered about in the woods
Roedd hi'n meddwl amdani hi ei hun:
and she thought to herself:
"Rwy'n gwybod beth sydd angen i mi ei wneud yn gyntaf"
"I know what I have to do first"
"Yn gyntaf, mae'n rhaid i mi dyfu i'm maint cywir eto"
"first I have to grow to my right size again"
**"Ac yna mae'n rhaid i mi ddod o hyd i'm ffordd i mewn i'r
ardd hyfryd honno"**
"and then I have to find my way into that lovely garden"
"Mae'n rhaid i mi fwyta neu yfed rhywbeth neu'i gilydd"
"I suppose I ought to eat or drink something or other"
"Ond y cwestiwn yw, beth ddylwn i ei fwyta neu yfed?"
"but the question is what should I eat or drink?"
Edrychodd Alice o'i chwmpas hi wrth y blodau
Alice looked all around her at the flowers
a hi a edrychodd trwy lafnau glaswellt
and she looked through the blades of grass
**Ond doedd hi ddim yn gallu gweld dim byd i'w fwyta na'i
yfed**
but she could not see anything to eat or drink
**Nid oedd unrhyw beth yn edrych fel y peth iawn i fwyta neu
yfed**
nothing looked like the right thing to eat or drink

Roedd madarch fawr yn tyfu yn agos ati hi

There was a large mushroom growing near her

roedd y madarch tua'r un uchder ag Alice

the mushroom was about the same height as Alice

Estynnodd ei hun ar tiptos

She stretched herself up on tiptoes

a hi yn peeped dros ymyl y madarch

and she peeped over the edge of the mushroom

Cyfarfu ei llygaid yn syth â llygaid lindysyn glas mawr

her eyes immediately met the eyes of a large blue caterpillar

Roedd y lindys yn eistedd ar ben y fadarch

the caterpillar was sitting on the top of the mushroom

A'r lindys oedd wedi croesi ei holl freichiau

and the caterpillar had crossed all his arms

ac roedd yn smygu bachyn hir yn dawel

and he was quietly smoking a long hookah

ac ni chymerodd y lleiaf o sylw o ddim

and he took not the smallest notice of anything

ac yn sicr nid oedd yn talu sylw i Alice

and he certainly didn't pay attention to Alice

O'r diwedd cymerodd y lindysyn y bachyn allan o'i geg
At last the caterpillar took the hookah out of its mouth
ac fe anerchodd Alice mewn llais di-liw, gysglyd
and he addressed Alice in a languid, sleepy voice
"Pwy wyt ti?" meddai'r lindysyn
"Who are you?" said the caterpillar

Atebodd Alice, braidd yn swil, "prin y gwn i, syr."
Alice replied, rather shyly, "I hardly know, sir"
"Ar hyn o bryd mae'r cyfan ychydig..."
"just at the moment it's all a bit..."
"Rwy'n gwybod pwy oeddwn i pan godais y bore 'ma."
"I know who I was when I got up this morning""
"Rwy'n credu fy mod wedi newid sawl gwaith ers hynny"
"but I think I must have changed several times since then"
"Beth ydych chi'n ei olygu wrth hynny?" meddai'r lindysyn
"What do you mean by that?" said the caterpillar
Yn ddi-chwaeth gofynnodd y lindysyn iddi egluro ei hun

sternly the caterpillar asked her to explain herself
"Alla i ddim egluro fy hun, mae gen i ofn, syr," meddai Alice
"I can't explain myself, I'm afraid, sir," said Alice
'Ddim yn fi fy hun'
"because I'm not myself"
"Rydych chi'n gweld, mae bod cymaint o wahanol feintiau mewn diwrnod yn ddryslyd iawn"
"you see, being so many different sizes in a day is very confusing"
Tynnodd ei hun i fyny a dweud yn ddifrifol iawn:
She pulled herself up and said very gravely:
'Rwy'n credu y dylech chi ddweud wrthyf pwy ydych chi yn gyntaf.'
"I think you ought to tell me who you are, first"
"Pam?" meddai'r lindysyn
"Why?" said the caterpillar
Ni allai Alice feddwl am unrhyw reswm da
Alice could not think of any good reason
ac ymddengys fod y lindysyn mewn cyflwr meddwl annymunol iawn
and the caterpillar seemed to be in a very unpleasant state of mind
felly mae hi'n troi i ffwrdd
so she turned away
"Tyrd yn ôl!" gwaeddodd y lindysyn ar ei hôl hi
"Come back!" the caterpillar called after her
"Mae gen i rywbeth pwysig i'w ddweud!"
"I've something important to say!"
Trodd Alice a dod yn ôl eto
Alice turned and came back again
"Cadwch eich tymer," meddai'r lindysyn
"Keep your temper," said the caterpillar
"Ai dyna'r cyfan?" meddai Alice
"Is that all?" said Alice
a llyncu ei dicter yn ogystal ag y gallai
and she swallowed her anger as well as she could
'Na,' meddai'r lindysyn

"No," said the caterpillar
y lindysyn yn ysgwyd ei breichiau
the caterpillar unfolded its arms
Ac efe a gymerth y bacha allan o'i enau ef drachefn.
and he took the hookah out of his mouth again
**Ac meddai, "Felly rydych chi'n meddwl eich bod chi wedi
newid, ydych chi?"**
and he said, "So you think you're changed, do you?"
"Mae gen i ofn, dw i wedi newid, syr," meddai Alice
"I'm afraid, I am changed, sir," said Alice
"Alla i ddim cofio pethau fel roeddwn i'n eu cofio nhw"
"I can't remember things as I used to remember them"
"Dydw i ddim yn aros yr un maint am fwy na deng munud!"
"and I don't stay the same size for more than ten minutes!"
"Pa faint wyt ti eisiau bod?" gofynnodd y lindysyn
"What size do you want to be?" asked the caterpillar
"O, does dim ots gen i pa faint ydw i," atebodd Alice ar frys.
"Oh, I don't particularly mind what size I am," Alice hastily
replied
"Dwi ddim yn hoffi newid maint mor aml, wyddoch chi"
"I just don't like changing size so often, you know"
"Hoffwn i fod ychydig yn fwy, syr"
"I would like to be a little larger, sir"
'Os nad oes ots gennych,' ychwanegodd Alice
"if you wouldn't mind," added Alice
"Mae deg centimetr yn uchder mor druenus i fod"
"Ten centimetres is such a wretched height to be"
"Mae'n uchder da iawn yn wir!" meddai'r lindysyn yn drist
"It is a very good height indeed!" said the caterpillar angrily
ac efe a fagodd ei hun yn unionsyth wrth iddo siarad
and he reared itself upright as he spoke
Yr oedd yn ddeg centimetr o uchder
he was exactly ten centimetres high
**Mewn munud neu ddwy, disgynnodd y lindys oddi ar y
fadarchen**
In a minute or two, the caterpillar got down off the mushroom
ac efe a ymlusgodd i mewn i'r glaswellt

and he crawled away into the grass
Wrth iddo fynd ymaith, gwnaeth rai sylwadau bach
as he went away, he made some little remarks
"Bydd un ochr yn gwneud i chi dyfu'n dalach"
"One side will make you grow taller"
"A bydd yr ochr arall yn gwneud i chi dyfu'n fyrrach"
"and the other side will make you grow shorter"
"Un ochr i beth?" meddyliodd Alice wrtho'i hun
"One side of what?" thought Alice to herself
"Yr ochr arall i beth?"
"The other side of what?"
"Ochr y fadarch," meddai'r lindysyn
"the side of the mushroom," said the caterpillar
Roedd hi fel petai hi wedi gofyn ei chwestiwn yn uchel
it was as if she had asked her question aloud
Ac mewn eiliad arall, roedd allan o'r golwg
and in another moment, he was out of sight
Roedd Alice yn dal i edrych yn ofalus ar y madarch
Alice remained looking thoughtfully at the mushroom
Roedd hi'n ceisio gwneud allan pa un oedd dwy ochr y madarch
she was trying to make out which were the two sides of the mushroom
O'r diwedd estynnodd ei breichiau o amgylch y fadarchen
At last she stretched her arms around the mushroom
a hi a dorrodd ychydig o'r ymylon
and she broke off a bit of the edges
"Ac yn awr, pa ochr yw pwy?" meddai wrthi'i hun
"And now, which side is which?" she said to herself
ac fe wnaeth hi gnoi cil ychydig o'r llaw dde
and she nibbled a little of the right-hand bit
Yr eiliad nesaf roedd hi'n teimlo ergyd dreisgar o dan ei llên
The next moment she felt a violent blow underneath her chin
Roedd ei ên wedi taro ei droed!
her chin had struck her foot!
Roedd hi'n dipyn o ofn ar y newid sydyn iawn hwn.
She was a good deal frightened by this very sudden change

Roedd hi'n crebachu'n gyflym iawn
she was shrinking very rapidly
Felly bwytaodd yn gyflym rai o'r ychydig arall o fadarch
so she quickly ate some of the other bit of mushroom
Pwyswyd ei gên yn agos iawn yn erbyn ei throed
Her chin was pressed very closely against her foot
Prin fod lle i agor ei geg
there was hardly room to open her mouth
Ond o'r diwedd llwyddodd i agor ei cheg
but she did at last manage to open her mouth
a hi llyncu morsel o'r fraich chwith
and she swallowed a morsel of the left-hand bit
"Mae fy mhen wedi cael ei ryddhau o'r diwedd!" meddai Alice
"my head's been freed at last!" said Alice
Edrychodd i lawr ar ei hun
she looked down at herself
Ond y cyfan y gallai ei weld oedd hyd enfawr o wddf
but all she could see was an immense length of neck
Roedd ei gwddf yn ymddangos fel coesyn
her neck seemed to rise like a stalk
ac edrychodd i lawr dros fôr o ddail gwyrdd
and she looked down over a sea of green leaves
"Ble mae fy ysgwyddau wedi cyrraedd?"
"Where have my shoulders gotten to?"
"Ac o, fy nwylo tlawd, sut na allaf eich gweld chi?"
"And oh, my poor hands, how is it I can't see you?"
ond roedd gan ei gwddf un budd
but her neck did have one benefit
Gallai symud ei phen i unrhyw gyfeiriad
she could move her head in any direction
Yn wir, roedd hi'n union fel neidr
in fact, she was just like a serpent
Roedd hi'n grasgl yn siglo ei phen i lawr
she gracefully zigzagged her head down
a symudodd ei phen drwy'r coed
and she moved her head through the trees

ond yna clywodd hi'n sgrechian miniog
but then she heard a sharp hiss
ac fe dynnodd ei phen yn ôl yn gyflym
and she quickly pulled her head back
Roedd colomen fawr wedi llifo i mewn i'w hwyneb
a large pigeon had flown into her face
a'r colomennod yn dreisgar gyda'i adenydd
and the pigeon was violently with its wings

"Neidr!" gwaeddodd y colomennod
"Serpent!" cried the pigeon
"Dydw i ddim yn sarff!" meddai Alice yn ddig
"I'm not a serpent!" said Alice indignantly
"Gadewch lonydd i mi!"
"Leave me alone!"
"Rwyf wedi rhoi cynnig ar wreiddiau coed"
"I've tried the roots of trees"
"ac rydw i wedi rhoi cynnig ar wrychoedd," aeth y colomen

ymlaen

"and I've tried hedges," the pigeon went on

"Ond y saethau hynny! Does dim modd eu plesio!"

"but those serpents! There's no pleasing them!"

Roedd Alice yn fwy a mwy dryslyd

Alice was more and more puzzled

"Fel pe na bai'n ddigon trwbl deor yr wyau," meddai'r colomennod

"As if it wasn't trouble enough hatching the eggs," said the pigeon

"Gyda'r nos a'r dydd, rhaid i mi edrych allan am seirff hefyd!"

"by night and day I must look out for serpents too!"

"Roeddwn i newydd ddod o hyd i'r goeden uchaf yn y goedwig"

"I had just found the highest tree in the forest"

"A fyddwn i'n rhydd o seirff yma?"

"surely I'd be free from serpents here?"

Ac allan mae neidr o'r nefoedd!

"and out comes a serpent from the sky!"

"Ond dydw i ddim yn sarff, rwy'n dweud wrthych chi!" meddai Alice

"But I'm not a serpent, I tell you!" said Alice

"Rwy'n a... Rwy'n ... "Rwy'n ferch fach," ychwanegodd braidd yn amheus

"I'm a... I'm a... I'm a little girl," she added rather doubtfully

Wedi'r cyfan, roedd hi'n mynd trwy lawer o newidiadau

she had after all been going through a lot of changes

"Rydych chi'n chwilio am wyau," meddai'r colomennod

"You're looking for eggs," said the pigeon

'Dwi'n gwbod hynny am ffaith'

"I know that for a fact"

"A beth sy'n bwysig os ydych chi'n ferch neu'n sarff?"

"and what does it matter if you're a little girl or a serpent?"

"Mae'n bwysig iawn i mi," meddai Alice ar frys.

"It matters a good deal to me," said Alice hastily

"Ond dydw i ddim yn chwilio am wyau, fel mae'n digwydd"

"but I'm not looking for eggs, as it happens"
"Fyddwn i ddim eisiau eich wyau beth bynnag"
"and I wouldn't want your eggs anyway"
"Dydw i ddim yn hoffi fy wyau yn amrwd"
"I don't like my eggs raw"
"Wel, ewch i ffwrdd wedyn!" meddai'r colomen mewn tôn sylffog
"Well, be off then!" said the pigeon in a sulky tone
ac ymsefydlodd y colomennod eto i'w nyth
and the pigeon settled down again into its nest
Alice crouched i lawr ymhlith y coed yn ogystal ag y gallai
Alice crouched down among the trees as well as she could
Roedd ei gwddf yn dal i gael ei hudo ymhlith y canghennau
her neck kept getting entangled among the branches
bob hyn a hyn roedd yn rhaid iddi stopio a dad-droi ei gwddf
every now and then she had to stop and untwist her neck
Ar ôl ychydig, cofiodd y fadarchen
After awhile she remembered the mushroom
Roedd hi'n dal i ddal y darnau o fadarch yn ei dwylo
she still held the pieces of mushroom in her hands
A hi a aeth ati i weithio'n ofalus
and she set to work very carefully
Yn gyntaf roedd hi'n gwenu mewn un darn
first she nibbled at one piece
ac yna roedd hi'n gwingo ar y darn arall
and then she nibbled at the other piece
Weithiau mae hi'n mynd yn uwch
sometimes she grew taller
Weithiau mae hi'n tyfu'n fyrrach
and sometimes she grew shorter
ond yn olaf cyflawnodd ei thaldra arferol
but finally she achieved her usual height
Doedd hi ddim wedi bod yn ei thaldra ei hun ers peth amser
she hadn't been her own height for some time
Felly roedd popeth yn teimlo'n rhyfedd am gyfnod
so everything felt strange for a while

"Y peth nesaf i'w wneud yw mynd i mewn i'r ardd hardd
honno"
"The next thing to do is to get into that beautiful garden"
"Sut mae hynny'n mynd i gael ei wneud, tybed?"
"how is that to be done, I wonder?"
Wrth iddi ddweud hyn, daeth i le agored
As she said this, she came upon an open place
roedd yna dŷ bach, ychydig yn uwch na metr
there was a little house, a bit higher than a metre
"Tybed pwy sy'n byw yn y tŷ bach yma"
"I wonder who lives in this little house"
"Alla i ddim mynd mor fawr ag ydw i"
"I certainly can't go in as big as I am"
"Mi fyddwn i'n eu dychryn yn ofnadwy!"
"I would frighten them terribly!"
felly roedd hi'n gwingo yn y madarch fach eto
so she nibbled at the little mushroom again
Ac yn fuan fe ddaeth hi i lawr deg ar hugain o fetrau
and soon she brought herself down thirty centimetres

Mochyn a phupur

A pig and some pepper

Am funud neu ddwy safodd yn edrych ar y tŷ

For a minute or two she stood looking at the house

Yn sydyn daeth troedmon yn rhedeg allan o'r coed

suddenly a footman came running out of the woods

Roedd yn gwisgo gwisg lifrai arbennig

he was wearing a special livery uniform

A barnu wrth ei wyneb yn unig, byddai hi wedi galw ef yn bysgodyn.

judging by his face only, she would have called him a fish

a threisio yn uchel wrth y drws gyda'i geuglau

and he rapped loudly at the door with his knuckles

agorwyd y drws gan droedwr arall

the door was opened by another footman

Roedd y troedmon hwn hefyd yn gwisgo lifrai arbennig

this footman too was wearing a special livery

Roedd gan y troedmon hwn wyneb crwn a llygaid mawr fel broga

this footman had a round face and large eyes like a frog

Dechreuodd y troedmon a oedd yn edrych fel pysgodyn y seremoni

The footman that looked like a fish initiated the ceremony

tynnodd allan rywbeth o dan ei fraich

he pulled out something from under his arm

ac fe dynnodd allan o dan ei fraich amlen

and he pulled out from under his arm an envelope

a'r amlen hon a draddododd i'r troedmon arall

and this envelope he handed over to the other footman

Mewn tôn seremonïol dywedodd wrtho y gorchmynion

in a ceremonious tone he told him the orders

"Mae'r neges hon ar gyfer y Dduges"

"This message is for the Duchess"

"Gwahoddiad gan y Frenhines i chwarae croquet"

"An invitation from the queen to play croquet"

Ailadroddodd y troedmon a oedd yn edrych fel broga y drefn

The footman that looked like a frog repeated the order

'O'r Frenhines'

"from the queen"

'Gwahoddiad'

"an invitation"

'Ar gyfer y Dduges'

"for the Duchess"

"Chwarae croquet"

"playing croquet"

Yna fe wnaeth y ddau ohonyn nhw syrthio'n isel

Then they both bowed low

ac mae'r cyrls yn eu wigiau got ymgolli gyda'i gilydd

and the curls in their wigs got entangled together

cyn bo hir roedd y troedmon a oedd yn edrych fel pysgodyn wedi mynd

soon the footman that looked like a fish was gone

ond roedd y troedmon oedd yn edrych fel broga yno o hyd

but the footman that looked like a frog was still there

Eisteddodd ar y llawr wrth y drws

he was sitting on the ground near the door

Roedd yn syllu yn dwp i fyny i'r awyr
he was staring stupidly up into the sky
Aeth Alice i fyny at y drws a churo
Alice went timidly up to the door and knocked
"Does dim defnydd o guro," meddai'r troedmon
"There's no use in knocking," said the footman
'Mae hyn am ddau reswm'
"and that is for two reasons"
"Yn gyntaf, oherwydd fy mod ar yr un ochr i'r drws ag yr ydych chwi."
"First, because I'm on the same side of the door as you are"
"yn ail, achos maen nhw'n gwneud cymaint o sŵn tu fewn"
"secondly, because they're making so much noise inside"
'Does neb yn eich clywed chi'
"no one could possibly hear you"
Ac yn sicr roedd sŵn mwyaf anghyffredin yn digwydd o fewn
And there certainly was a most extraordinary noise going on within
Cwsg a disian cyson
a constant howling and sneezing
a phob hyn a hyn sŵn o ddamweiniau mawr
and every now and then a sound of great crashing
fel pe bai dysgl neu degell wedi ei thorri'n ddarnau
as if a dish or kettle had been broken to pieces
'Sut alla i fynd i mewn?' gofynnodd Alice
"How am I to get in?" asked Alice
'Ydach chi'n mynd i mewn o gwbl?' meddai'r dyn traed
"Should you get in at all?" said the footman
"Dyna'r cwestiwn cyntaf, wyddoch chi"
"That's the first question, you know"
Agorodd Alice y drws a mynd i mewn
Alice opened the door and went in
Y drws yn arwain i'r dde i mewn i gegin fawr
The door led right into a large kitchen
Roedd y gegin yn llawn mwg o un pen i'r llall
the kitchen was full of smoke from one end to the other

Yng nghanol y gegin roedd y Dduges
in the middle of the kitchen was the Duchess
Roedd hi'n eistedd ar stôl tair coes
she was sitting on a three-legged stool
Roedd hi'n nyrsio babi
and she was nursing a baby
Roedd y cogydd yn pwyso dros y tân
the cook was leaning over the fire
roedd yn cynhyrfu llodron mawr
he was stirring a large caldron
ac roedd y caldron yn ymddangos yn llawn cawl
and the caldron seemed to be full of soup
"Yn sicr mae gormod o bupur yn y cawl yna!" Alice yn dweud wrth ei hun
"There's certainly too much pepper in that soup!" Alice said to herself
Dywedodd hi orau y gallai heb tisian
she said it as best she could without sneezing
Roedd hyd yn oed y Dduges yn tisian o bryd i'w gilydd
Even the Duchess sneezed occasionally
Ond gweithredoedd y baban oedd y mwyaf nodedig
but the baby's actions were the most noteworthy
Roedd y babi'n tisian ac yn udo bob yn ail
the baby was sneezing and howling alternately
Nid oedd munud o saib rhwng udno a tisian
there was not a moment's pause between howling and sneezing
Roedd dau greadur yn y gegin nad oeddent yn tisian
There were two creatures in the kitchen that did not sneeze
Roedd y cogydd yn rhy brysur i tisian
the cook was too busy to sneeze
ac nid oedd yn ymddangos bod y gath fawr yn meddwl y pupur
and the large cat did not seem to mind the pepper
Yn lle hynny, roedd y gath fawr yn gwenu o glust i glust
instead, the large cat was grinning from ear to ear
"Os gwelwch yn dda fyddech chi'n dweud wrthyf," meddai

Alice, ychydig yn ddigalon
"Please would you tell me," said Alice, a little timidly
"Pam mae dy gath yn gwenu fel yna?"
"why is your cat grinning like that?"
"Mae'n gath Swydd Gaer," meddai'r Duges
"It's a Cheshire-Cat," said the Duchess
"A dyna pam ei fod yn gwenu o glust i glust"
"and that's why he's grinning from ear to ear"
"Doeddwn i ddim yn gwybod bod Cat Swydd Gaer wastad
yn galaru"
"I didn't know that a Cheshire-Cat always grinned"
"Yn wir, doeddwn i ddim yn gwybod y gallai cathod grin,"
meddai Alice
"in fact, I didn't know that cats could grin," said Alice
"Mae yna lawer nad ydych chi'n ei wybod," meddai'r
Dduges
"there is much you don't know," said the Duchess
"Mae yna lawer nad ydych chi'n ei wybod ac mae hynny'n
ffaith"
"there is much you don't know and that's a fact"
Dim ond wedyn cymerodd y cogydd y caldron o gawl oddi
ar y tân
Just then the cook took the caldron of soup off the fire
ac ar unwaith dechreuodd daflu popeth o fewn ei
chyrhaeddiad
and at once she started throwing everything within her reach
hi daflu popeth y gallai hi yn y Duges a'r babe
she threw everything she could at the Duchess and the babe
Yn gyntaf, taflodd yr heyrn dân
first she threw the fire-irons
yna fe daflodd llond llaw o sosbenni
then she threw a handful of saucepans
Ac yn olaf taflodd y platiau a'r llestri
and finally she threw the plates and dishes
Ni chymerodd y Duges unrhyw sylw ohoni
The Duchess took no notice of her
hyd yn oed pan gafodd ei tharo gan blât doedd hi ddim yn

poeni
even when she was hit by a plate she did not worry
Roedd y babi eisoes yn ysgwyd cymaint
the baby was already howling so much
felly roedd hi'n amhosib dweud a oedd yr ergydion yn brifo'r babi ai peidio
so it was impossible to say whether the blows hurt the baby or not
"O, meddyliwch am yr hyn rydych chi'n ei wneud!" gwaeddodd Alice
"Oh, please mind what you're doing!" cried Alice
ac mae hi'n neidio i fyny ac i lawr mewn poen o arswyd
and she jumped up and down in an agony of terror
Y Duges yn cynnig Alice y baban
the Duchess offered Alice the baby
Yma! Efallai y byddwch chi'n magu'r babi ychydig, os mynnwch chi!"
"Here! You may nurse the baby a bit, if you like!"
A hi a ddaliodd y babi wrthi wrth iddi siarad
and she flung the baby at her as she spoke
"Rhaid i mi fynd i baratoi i chwarae croquet gyda'r frenhines"
"I must go and get ready to play croquet with the queen"
a hi a frysiodd allan o'r ystafell
and she hurried out of the room
Alice dal y baban gyda rhywfaint o anhawster
Alice caught the baby with some difficulty
oherwydd ei fod yn greadur bach siâp rhyfedd iawn
because it was a very odd-shaped little creature
a'r baban yn dal ei freichiau a'i goesau i bob cyfeiriad
and the baby held out its arms and legs in all directions
"Mae'n well i mi fynd â'r plentyn hwn gyda mi," meddyliodd Alice
"I better take this child away with me," thought Alice
"Maen nhw'n sicr o ladd y plentyn mewn diwrnod neu ddau"
"they're sure to kill this baby in a day or two"

Oni fyddai'n llofruddiaeth gadael y plentyn hwn ar ôl?
"Wouldn't it be murder to leave this baby behind?"
Dywedodd y geiriau olaf yn uchel
She said the last words out loud
a'r peth bach yn gwenu mewn ateb
and the little thing grunted in reply
"Mae'n well gennych beidio â throi'n foch, fy annwyl,"
meddai Alice
"you best not turn into a pig, my dear," said Alice
"Fel arall, fydd gen i ddim byd arall i'w wneud â chi"
"or else I'll have nothing more to do with you"
Roedd Alice yn dechrau meddwl drosti ei hun:
Alice was just beginning to think to herself:
"Yn awr, beth a wnaf â'r creadur hwn, pan ddof ag ef adref?"
"Now, what am I to do with this creature, when I get it home?"
ond yna fe grunodd y creadur bach ychydig yn dreisgar
but then the little creature grunted a little violently
ac edrychodd Alice i lawr i'w wyneb mewn rhyw fraw
and Alice looked down into its face in some alarm
Y tro hwn, ni allai fod camgymeriad yn ei gylch
This time there could be no mistake about it
nid oedd yn fwy na llai na mochyn
it was neither more nor less than a pig
Felly dyma hi'n gosod y creadur bach i lawr
so she set the little creature down
a'r creadur bach yn trochi i ffwrdd yn dawel i mewn i'r pren
and the little creature trot away quietly into the wood
Roedd Alice yn teimlo'n rhyddhad pur i weld y creadur yn
mynd
Alice felt quite relieved to see the creature go
Roedd Alice ychydig yn frawychus wrth weld y Cheshire-
Cat
Alice was a little startled by seeing the Cheshire-Cat
roedd yn eistedd ar gangen o goeden ychydig lathenni i
ffwrdd
it was sitting on a bough of a tree a few yards off
Dim ond pan welodd hi y gath grinned

The cat only grinned when it saw her
"Cheshire-cat," dechreuodd Alice, braidd yn ddi-baid
"Cheshire-cat," began Alice, rather timidly
**"A wnewch chi ddweud wrthyf pa ffordd y dylwn i fynd
oddi yma?"**
"would you please tell me which way I ought to go from
here?"
"I'r cyfeiriad hwnnw," meddai'r gath
"In that direction," the cat said
ac fe chwifiodd y paw dde o gwmpas
and it waved the right paw around
"Yn y cyfeiriad hwnnw yn byw gwneuthurwr hetiau"
"In that direction lives a maker of hats"
ac yna chwifiodd y gath ei phêr arall
and then the cat waved its other paw
"Ac i'r cyfeiriad hwnnw yn byw ysfa Mawrth"
"and in that direction lives a march hare"
**"Galwch heibio naill ai rydych chi'n hoffi; Mae'r ddau yn
wallgof"**
"Visit either you like; they're both mad"
**"Ond dydw i ddim eisiau mynd ymhlith pobl wallgof,"
meddai Alice**
"But I don't want to go among mad people," Alice remarked
"O, allwch chi ddim helpu hynny," meddai'r Cat
"Oh, you can't help that," said the Cat
'Dyn ni i gyd yn wallgof yma'
"we're all mad here"
"Dych chi'n chwarae gyda'r Frenhines heddiw?"
"are you playing croquet with the queen today?"
"Hoffwn i fod yn fawr iawn," meddai Alice
"I would like to very much," said Alice
"Ond dydw i ddim wedi cael gwahoddiad eto"
"but I haven't been invited yet"
"Fe welwch chi fi yno," meddai'r gath
"You'll see me there," said the Cat
ac o un eiliad i'r nesaf diflannodd y gath
and from one moment to the next the cat vanished

cyn bo hir Alice got yn gweld y tŷ y march hare

soon Alice got in sight of the house of the march hare

Roedd hwn yn dŷ mawr iawn

this was a very large house

felly doedd Alice ddim eisiau mynd yn agos i'r tŷ

so Alice did not want to go near the house

Yn gyntaf bu'n rhaid iddi blygu ychydig mwy o'r darn ochr chwith o fadarch

first she had to nibble some more of the left side bit of mushroom

O flaen y tŷ roedd coeden
In front of the house there was a tree
Ac o dan y goeden roedd bwrdd
and under the tree there was a table
a gosodwyd y bwrdd gyda phob math o gyllyll
and the table was set with all sorts of cutlery
Roedd yr ysgyfarnog March a'r gwneuthurwr het wrth y bwrdd
the march hare and the hat maker were at the table
Gyda'i gilydd roedden nhw'n cael te
and together they were having tea
Roedd pathewod yn eistedd rhyngddynt
a dormouse was sitting between them
Roedd y pathew yn cysgu'n gyflym
and the dormouse was fast asleep
Roedd y bwrdd o faint rhyfeddol
The table was of extraordinary size
Ond roedd y rhan fwyaf o'r bwrdd yn wag
but most of the table was unoccupied
eisteddasant gyda'i gilydd ar un gornel o'r bwrdd
they sat crowded together at one corner of the table
ac eto fe wnaethon nhw esgusodion pan welon nhw Alice
and yet they made excuses when they saw Alice
Dim ystafell! Dim ystafell!" gwaeddasant yn
"No room! No room!" they cried out
"Mae digon o le!" meddai Alice yn ddig
"There's plenty of room!" said Alice indignantly
Ar un pen o'r bwrdd roedd cadair fraich fawr
at one end of the table there was a large arm-chair
ac eisteddodd Alice ei hun yn y gadair freichiau
and Alice sat herself in the armchair
Agorodd y gwneuthurwr het ei lygaid yn eang iawn
the hat maker opened his eyes very wide
Ni allai gredu'r hyn yr oedd yn ei weld
he couldn't believe what he was seeing

Ond roedd ei feddwl yn chwilfrydig am bethau eraill

but his mind was curious about other things

"Pam mae cig mochyn fel desg ysgrifennu?"

"Why is a raven like a writing-desk?"

Roedd Alice yn agored i'r her

Alice was open to the challenge

"Dwi'n falch eu bod nhw wedi dechrau gofyn am gwers"

"I'm glad they've begun asking riddles"

"Rwy'n credu y gallaf ddyfalu hynny," ychwanegodd yn uchel

"I believe I can guess that," she added aloud

Tyfodd yr ysgyfarnog Mawrth yn chwilfrydig am Alice

The march hare grew curious about Alice

"Ydych chi'n meddwl y gallwch chi ddod o hyd i'r ateb?"

"Do you really think you can find the answer?"

"Rwy'n credu y gallaf ddod o hyd i'r ateb yn wir," meddai Alice

"I think I can find the answer indeed," said Alice

"Yna dylech chi ddweud beth rydych chi'n ei olygu," aeth yr ysgyfarnog Mawrth ymlaen

"Then you should say what you mean," the march hare went on

'Rwy'n dweud yr hyn yr wyf yn ei olygu,' atebodd Alice ar frys.

"I do say what I mean," Alice hastily replied

"O leiaf rwy'n golygu'r hyn rwy'n ei ddweud"

"at the very least I mean what I say"

"Mae'r un peth, wyddoch chi"

"that's the same thing, you know"

Cyfrannodd y pathew hefyd at y sgwrs

the dormouse also contributed to the conversation

ond roedd y pathewod yn ymddangos fel petai'n siarad yn ei gwsg

but the dormouse seemed to be talking in its sleep

"Rydw i'n anadlu pan dw i'n cysgu"

"I breathe when I sleep"

"Dw i'n cysgu pan dw i'n anadlu!"

"I sleep when I breathe!"
"Efallai y byddwch hefyd yn dweud eu bod yr un fath"
"you might as well say they are the same too"
"Mae'r un peth gyda chi," meddai'r gwneuthurwr het
"It is the same thing with you," said the hat maker
ac efe a dywalltodd de bach ar drwyn y pathew
and he poured a little tea on the dormouse's nose
Ysgydwodd y Dormouse ei ben yn ddiamynedd
The Dormouse shook its head impatiently
Ac eto fe siaradodd y pathew, heb agor ei lygaid
and again the dormouse spoke, without opening its eyes
"Wrth gwrs, mae'r un peth"
"Of course, of course it is the same"
"Dyna beth roeddwn i'n mynd i'w ddweud fy hun"
"that's just what I was going to say myself"

Trodd y gwneuthurwr het at Alice a gofyn cwestiwn arall
The hat maker turned to Alice and asked another question
"Wyt ti wedi dyfalu'r pos eto?"
"Have you guessed the riddle yet?"
'Na, rwy'n rhoi'r gorau iddi,' cyfaddefodd Alice

"No, I give up," Alice conceded
"Beth yw'r ateb?" mynnai wybod
"What's the answer?" she wanted to know
"Nid oes gennyf y syniad lleiaf," meddai'r gwneuthurwr het
"I haven't the slightest idea," said the hat maker
"Nid wyf ychwaith yn gwybod," meddai'r ysgyfarnog Mawrth
"Nor do I know," said the march hare
Alice yn rhoi ochenaid blinedig
Alice gave a weary sigh
"Mae gwell defnydd o amser na rhigymau heb atebion"
"there are better uses of time than riddles without answers"
"cael mwy o de," meddai ysgyfarnog y march wrth Alice, yn ddifrifol iawn
"have some more tea," the march hare said to Alice, very earnestly
Roedd Alice yn drist iawn gan y cynnig
Alice was quite offended by the offer
"Dydw i ddim wedi cael te eto," atebodd Alice.
"I've had not had tea yet," Alice replied
"Alla i ddim cael mwy o de"
"therefore I can't have any more tea"
"Rydych chi'n golygu na allwch chi gael llai o de," meddai'r gwneuthurwr het
"You mean you can't have less tea," said the hat maker
"Mae'n hawdd cymryd mwy na dim"
"it's very easy to take more than nothing"
Ar hyn, cododd Alice a cherdded i ffwrdd
At this, Alice got up and walked off
Syrthiodd y pathew yn syth i gysgu
The dormouse fell asleep instantly
ac ni chymerodd yr un o'r lleill y lleiaf o sylw iddi fynd
and neither of the others took the least notice of her going
Edrychodd yn ôl unwaith neu ddwywaith
though she looked back once or twice
Roedden nhw'n ceisio rhoi'r pathew yn y te-pot
they were trying to put the dormouse into the tea-pot

"Ar unrhyw gyfradd, ni fyddaf byth yn mynd yno eto!"
meddai Alice
"At any rate, I'll never go there again!" said Alice
a hi a rodiodd ei ffordd trwy'r coed
and she walked her way through the woods
"Hwn oedd y parti te mwyaf dwl i mi erioed wedi bod iddo"
"that was the stupidest tea-party I've ever been to"
Fel y dywedodd hi, mae hi'n sylwi ar rywbeth
Just as she said this, she noticed something
Roedd gan un o'r coed ddrws yn arwain i'r dde i mewn iddo
one of the trees had a door leading right into it
"Mae hynny'n ddiddorol!" meddyliodd
"That's very interesting!" she thought
"Dw i'n meddwl y galla i fynd trwy'r drws hefyd"
"I think I may as well go through the door"
Trwy'r drws aeth hi
And through the door she went
Unwaith eto, cafodd ei hun yn y neuadd hir
Once more she found herself in the long hall
Unwaith eto roedd hi'n agos at y bwrdd gwydr bach
again she was close to the little glass table
Cymerodd yr allwedd aur fach
she took the little golden key
a hi ddatgloi'r drws a arweiniai i'r ardd
and she unlocked the door that led into the garden
Yna aeth ati i weithio yn y madarch
Then she set to work nibbling at the mushroom
Roedd hi wedi cadw darn o'r fadarchen yn ei phoced
she had kept a piece of the mushroom in her pocket
ac o'r diwedd roedd hi tua metr o daldra
and finally she was about a metre tall
Yna cerddodd i lawr y coridor bach
then she walked down the little corridor
Ac yna o'r diwedd cafodd ei hun yn yr ardd hardd
and then she finally found herself in the beautiful garden
ac roedd hi ymhlith y blodau llachar a'r ffynhonnau oer
and she was among the bright flower and the cool fountains

Maes croquet y Frenhines

The queen's croquet ground

Roedd coeden ros fawr yn sefyll wrth fynedfa'r ardd

A large rose-tree stood near the entrance of the garden

Roedd y rhosod a dyfodd ar y goeden yn wyn

the roses growing on the tree were white

Ond roedd tri garddwr yn peintio'r rhosyn

but there were three gardeners painting the rose

roeddent yn busili yn peintio'r rhosod coch

they were busily painting the roses red

ac roedd Alice yn eu gwylio yn paentio'r rhosod yn goch

and Alice was watching them paint the roses red

ac yn sydyn eu llygaid yn cael eu siawns i syrthio ar Alice

and suddenly their eyes chanced to fall upon Alice

Alice yn siarad ychydig yn frawychus

Alice spoke a little timidly

"A wnewch chi ddweud wrthyf, os gwelwch yn dda?"

"Would you tell me, please;"

"Pam ydych chi i gyd yn paentio'r rhosod hynny?"

"why are you all painting those roses?"

5 A saith ni ddywedasant ddim, ond edrychasant ar ddau

five and seven said nothing, but looked at two

dau yn siarad, mewn llais isel

two spoke, in a low voice

"Y gwir yw, rydych chi'n gweld, madam"

"Why, the fact is, you see, madam"

"Dylai hyn fod wedi bod yn goeden rhosyn coch"

"this here ought to have been a red rose-tree"

"Ac rydym yn rhoi coeden rhosyn gwyn mewn camgymeriad"

"and we put a white rose-tree in by mistake"

"Fel y byddech chi'n cytuno, rhaid i'r Frenhines beidio â darganfod"

"as you would agree, the queen must not find out"

"Fel arall, byddai pob un ohonom yn cael ein pennau wedi'u torri i ffwrdd"

"else we would all have our heads cut off"

"Felly rydych chi'n gweld, madam, rydyn ni'n gwneud ein gorau"
"So you see, madam, we're doing our best"
Roedd cerdyn pump wedi bod yn edrych yn bryderus ar draws yr ardd
card five had been anxiously looking across the garden
Ar hyn o bryd mae cerdyn pump yn galw allan, "Y Frenhines! Y frenhines!"
At this moment card five called out, "The queen! The queen!"
a disgynnodd y tri garddwr yn syth i ffwrdd
and the three gardeners instantly scurried away
A dyma nhw'n taflu eu hunain yn wastad ar eu hwynebau
and they threw themselves flat upon their faces
Roedd sŵn o lawer o olion traed
There was a sound of many footsteps
Edrychodd Alice o gwmpas, yn awyddus i weld y frenhines
Alice looked around, eager to see the queen
Ar ddechrau'r orymdaith roedd deg milwr
At the start of the procession were ten soldiers
Roedd eu dwylo a'u traed yn y corneli
their hands and feet were in the corners
ac yn eu dwylo a'u traed roedd clybiau
and in their hands and feet were clubs
Nesaf daeth y deg llys
next came the ten courtiers
Roedd y llyswyr wedi'u haddurno ar draws gyda diemwntau
the courtiers were ornamented all over with diamonds
Ar ôl i'r llys ddod daeth y plant brenhinol
After the courtiers came the royal children
Yr oedd deg o'r plant brenhinol
there were ten of the royal children
a'r holl blant brenhinol yn cael eu gwisgo â chalonnau
and all the royal children were ornamented with hearts
Nesaf daeth y gwesteion; brenhinoedd a breninesau yn bennaf
Next came the guests; mostly kings and queens
ac ymhlith y brenhinoedd a'r frenhines Alice gwelodd

rhywun

and among the kings and queen Alice saw someone

gwelodd eto'r gwningen wen yr oedd wedi ei herlid

she saw again the white rabbit she had chased

Dilynwyd yr orymdaith yn knave calonnau

The procession was followed the knave of hearts

Roedd yn cario coron y brenin

he was carrying the king's crown

Ac yr oedd coron y brenin ar glustog melfed crimson

and the king's crown was on a crimson velvet cushion

ac yna daeth diwedd yr orymdaith fawr hon

and then came the end of this grand procession

Ac yno yn y diwedd yr oedd brenin a brenhines y calonnau

and there at the end were the king and queen of hearts

daeth yr orymdaith gyferbyn ag Alice

the procession came opposite to Alice

A dyma nhw i gyd yn stopio ac yn edrych ar ei

and they all stopped and looked at her

Gofynnodd y Frenhines yn ddifrifol, "Pwy yw hwn?"

and the queen said severely, "Who is this?"

Dywedodd wrth y Knave of Hearts

She said it to the Knave of Hearts

Ond roedd e jyst yn gwenu ac yn gwenu mewn ateb

but he just bowed and smiled in reply

Alice yn siarad yn gwrtais iawn

Alice spoke very politely

"Fy enw i yw Alice, felly os gwelwch yn dda eich mawredd"

"My name is Alice, so please your majesty"

Ond roedd ganddi feddwl arall iddi hi ei hun

but she had other thoughts to herself

"Dim ond pecyn o gardiau ydyn nhw, wedi'r cyfan!"

"they're only a pack of cards, after all!"

"Wyt ti'n gallu chwarae croquet?" gwaeddodd y frenhines

"Can you play croquet?" shouted the queen

Mae'n amlwg bod y cwestiwn yn cael ei olygu ar gyfer Alice

The question was evidently meant for Alice

'Ydw!' meddai Alice yn uchel

"Yes!" said Alice loudly
"Dewch i chwarae yna!" rhuodd y frenhines
"Come play then!" roared the queen
llais digalon yn siarad ag Alice
a timid voice spoke to Alice
"Mae'n ddiwrnod braf iawn!"
"it's a very fine day!"
Roedd hi'n cerdded gan y gwningen wen
She was walking by the white rabbit
ac roedd y Gwningen Gwyn yn peeping yn bryderus i'w hwyneb
and the White Rabbit was peeping anxiously into her face
"Diwrnod braf iawn," meddai Alice
"a very fine day indeed," confirmed Alice
"Ble mae'r ddugiaid?"
"Where's the duchess?"
"Hush! Hush!" meddai'r Gwningen
"Hush! Hush!" said the Rabbit
'Mae hi dan ddedfryd o ddienyddio'
"She's under sentence of execution"
"Am beth y mae hi'n cael ei ddienyddio?" gofynnodd Alice
"What is she being executed for?" asked Alice
"Mae hi'n sgrechian clustiau'r frenhines," dechreuodd y gwningen
"She scuffed the queen's ears," the rabbit began
Gwaeddodd y Frenhines mewn llais o daranau
the queen shouted in a voice of thunder
Ewch i'ch lle!
"Get to your places!"
a phobl yn dechrau rhedeg o gwmpas i bob cyfeiriad
and people began running about in all directions
a phawb yn ymryson yn erbyn ei gilydd
and they all tumbled up against each other
Fodd bynnag, maent yn setlo i lawr mewn munud neu ddau
However, they got settled down in a minute or two
Yna dechreuodd y gêm
and then the game began

Doedd Alice erioed wedi gweld tir croquet mor chwilfrydig
Alice had never seen such a curious croquet ground
Yr oedd y glaswellt i gyd yn gribau a blew
the grass was all ridges and furrows
Roedd y peli croquet yn ddraenogod go iawn
The croquet balls were real hedgehogs
Ac roedd y camweddau yn fflamingos go iawn
and the mallets were real flamingos
A'r milwyr a safasant ar eu dwylo a'u traed,
and the soldiers stood on their hands and feet
am fod y bwâu wedi eu gwneud o'u cyrff
because the arches was made from their bodies
Roedd pawb yn chwarae ar unwaith
The players all played at once
neb yn aros am eu tro
nobody waited for their turns
a phawb yn ffraeo gyda phawb
and everyone quarrelled with everyone
ac roedd pob un yn ymladd am y draenogod
and all were fighting for the hedgehogs
Cyn bo hir roedd y Frenhines mewn angerdd ffyrnig
soon the queen was in a furious passion
a dechreuodd stampio am a gweiddi
and she started stamping about and shouting
"Torrwch eich pen i ffwrdd!"
"Chop off his head!"
"Tynnwch eich pen i ffwrdd!"
"Chop off her head!"
"Torrwch eu pennau i gyd i ffwrdd!"
"Chop all their heads off!"
Unwaith eto meddyliodd Alice ei hun
Again Alice thought to herself
"Maen nhw'n ofnadwy o hoff o gael pobl yma"
"They're dreadfully fond of beheading people here"
"Y rhyfeddod mawr yw bod unrhyw un ar ôl yn fyw!"
"the great wonder is that there's anyone left alive!"
Roedd hi'n chwilio am ffordd o ddianc

She was looking about for some way of escape
Sylwodd ar ymddangosiad rhyfedd yn yr awyr
she noticed a curious appearance in the air
"Mae'n gath Swydd Gaer," meddai wrthi ei hun
"It's the Cheshire-cat," she said to herself
'Nawr, mae gen i rywun i siarad â nhw'
"now I shall have somebody to talk to"
"Sut wyt ti'n dod ymlaen?" meddai'r gath
"How are you getting on?" said the cat
"Dwi ddim yn meddwl eu bod nhw'n chwarae o gwbl yn deg," meddai Alice
"I don't think they play at all fairly," Alice said
ac roedd ganddi naws braidd yn cwyno
and she had a rather complaining tone
"Maen nhw i gyd yn ffraeo mor ofnadwy"
"they all quarrel so dreadfully"
'Ddim yn gallu clywed eich hun yn siarad'
"one can't hear oneself speak"
"Ac nid yw'n ymddangos eu bod yn chwarae yn ôl unrhyw reolau"
"and they don't seem to play by any rules"
gofynnodd y gath gwestiwn i Alice mewn llais isel
the cat asked Alice a question in a low voice
"Sut wyt ti'n hoffi'r frenhines?"
"How do you like the queen?"
"Dydw i ddim yn ei hoffi hi o gwbl," meddai Alice
"I don't like her at all," said Alice

Roedd Alice yn meddwl y gallai hi hefyd fynd yn ôl
Alice thought she might as well go back
Roedd hi eisiau gweld sut mae'r gêm yn mynd
she wanted to see how the game was going
aeth i chwilio am ei draenog
she went off in search of her hedgehog
Roedd y draenog yn brysur yn ymladd draenog arall
The hedgehog was busy fighting another hedgehog
Roedd hwn yn gyfle ardderchog
this was an excellent opportunity
gallai croquet un draenog gyda'r llall
she could croquet one hedgehog with the other
Ond roedd ei flamingo yr ochr arall i'r ardd
but her flamingo was on the other side of the garden
Roedd y flamingo braidd yn flêr
the flamingo was rather clumsy
Roedd ei flamingo yn ceisio hedfan i fyny i goeden
her flamingo was trying to fly up into a tree
Daliodd hi'r fflam gan y goes

She caught the flamingo by the leg
ac fe wnaeth hi swatio'r fflamau i ffwrdd o dan ei braich
and she tucked the flamingo away under her arm
Y ffordd honno ni allai'r fflamingo ddianc eto
that way the flamingo couldn't escape again
Dim ond wedyn Alice ddigwyddodd i gwrdd â'r dduges
Just then Alice happened to meet the duchess
Roedd y dduges allan o'r carchar erbyn hyn
The duchess was now out of prison
Cuddiodd ei braich yn annwyl o dan fraich Alice
She tucked her arm affectionately under Alice's arm
Yna cerddon nhw gyda'i gilydd
and then they walked off together
Roedd Alice yn falch iawn o ddod o hyd iddi mewn tymer mor ddymunol
Alice was very glad to find her in such a pleasant temper
Roedd hi ychydig yn frawychus, fodd bynnag
She was a little startled, however
clywodd lais y dduges yn agos at ei chlust
she heard the voice of the duchess close to her ear
"Rydych chi'n meddwl am rywbeth, fy mrawd"
"You're thinking about something, my dear"
"Mae hynny'n gwneud i chi anghofio siarad"
"and that makes you forget to talk"
"Mae'r gêm yn mynd ymlaen yn well nawr," meddai Alice
"The game's going on rather better now," Alice said
Roedd yn un ffordd o gadw'r sgwrs i fynd
it was one way of keeping the conversation going
"Mae e mor wir," meddai'r dduges
"it is so indeed," said the duchess
"A moesol hynny yw hyn:"
"and the moral of that is this:"
"Cariad sy'n gwneud y cyfan!"
"It is love that does it all!"
'Cariad yw'r hyn sy'n gwneud i'r byd fynd o gwmpas'
"Love is what makes the world go around"
Roedd gan Alice esboniad arall

Alice had another explanation
"Mae'n cael ei wneud gan bawb sy'n meddwl am ei fusnes ei hun!"
"it's done by everybody minding his own business!"
"O, wel! Gallwch fod yn iawn. "
"Ah, well! You could be right"
"Mae'r cyfan yn golygu llawer yr un peth," meddai'r Dduges
"It all means much the same thing," said the Duchess
a hi a gloddiodd ei gên fach finiog i ysgwydd Alice
and she dug her sharp little chin into Alice's shoulder
"A moesol hynny yw hyn"
"and the moral of that is this"
'Gofalu am y synnwyr'
"Take care of the sense"
"Ac yna bydd y synau yn gofalu amdanyn nhw eu hunain"
"and then the sounds will take care of themselves"
ond yna dechreuodd braich y dduges grynu
but then the duchess's arm began to tremble
Edrychodd Alice i fyny ac yno safodd y frenhines
Alice looked up and there stood the queen
Roedd gan y frenhines ei breichiau wedi'u plygu
the queen had her arms folded
ac roedd hi'n gwgu fel storm fellt!
and she was frowning like a thunderstorm!
"Rwy'n rhoi rhybudd teg i chi," gwaeddodd y frenhines
"I give you fair warning," shouted the queen
a hi yn stompio ar y llawr fel yr oedd hi'n siarad
and she stomped on the ground as she spoke
"Rhaid i'ch pen neu'ch pen fod i ffwrdd"
"either your head or her head must be off"
"Cymerwch eich dewis!"
"Take your choice!"
'Byddwch yn gyflym am y peth'
"and be quick about it"
Gwnaeth y dduges ei dewis
The duchess made her choice
ac o fewn eiliad roedd y dduges wedi mynd

and within a moment the duchess was gone
Yna siaradodd y frenhines ag Alice
Then the queen spoke to Alice
'Parhau gyda'r gêm'
"Let's go on with the game"
Roedd Alice yn rhy ofnus i ddweud gair
Alice was too frightened to say a word
ac yn araf ddilynodd hi yn ôl i'r croquet-ground
and she slowly followed her back to the croquet-ground
Yr holl amser y frenhines yn ffraeo gyda'r chwaraewyr eraill
the whole time the queen quarrelled with the other players
"Torrwch eich pen i ffwrdd!"
"Chop off his head!"
"Tynnwch eich pen i ffwrdd!"
"Chop off her head!"
"Torrwch eu pennau i gyd i ffwrdd!"
"Chop all their heads off!"
Yn fuan roedd yr holl chwaraewyr yn y ddalfa
soon all the players were in custody
dim ond y brenin, y frenhines ac Alice a arhosodd
only the king, the queen, and Alice remained
Yna gadawodd y frenhines, yn eithaf allan o wynt
Then the queen left, quite out of breath
Cerddodd i ffwrdd gydag Alice
and she walked away with Alice
Clywodd Alice y brenin yn dawel yn dweud rhywbeth
Alice heard the king quietly say something
'Rydych chi i gyd yn cael eich sarhau'
"You are all pardoned"
ond yn sydyn clywodd cri arall
but suddenly there was another cry heard
"Mae'r achos yn dechrau!"
"The trial is beginning!"
ac Alice yn rhedeg gyda'r lleill
and Alice ran along with the others

Pwy sy'n dwyn y tarts?

who stole the tarts?

Eisteddodd brenin a brenhines y galon

The king and queen of hearts were seated

roedden nhw ar eu horsedd pan gyrhaeddodd Alice

they were on their throne when Alice arrived

Yr oedd tyrfa fawr wedi ymgasglu o'u hamgylch

there was a great crowd assembled around them

Roedd pob math o adar a bwystfilod bach

there were all sorts of little birds and beasts

Ac roedd y pecyn cyfan o gardiau

and there was the whole pack of cards

yr oedd y cnwd yn sefyll o'u blaen, mewn cadwyni

the knave was standing in front of them, in chains

ac yr oedd milwr ar bob ochr i'w warchod

and there was a soldier on each side to guard him

Ger y Brenin roedd y gwningen wen

near the King was the white rabbit

Roedd ganddo utgorn mewn un llaw

he had a trumpet in one hand

ac yr oedd ganddo sgrôl o femrwn yn y llaw arall

and he had a scroll of parchment in the other hand

Yng nghanol y llys roedd bwrdd

In the very middle of the court was a table

Ar y bwrdd roedd dysgl fawr o dartiau

on the table was a large dish of tarts

"Rwy'n dymuno y byddent yn cael y treial," meddai Alice

"I wish they'd get the trial done," Alice thought

"Yna fe allen ni fwyta rhywfaint o'r lluniaeth yna!"

"then we could eat some of those refreshments!"

Y barnwr, gyda llaw, oedd y brenin
The judge, by the way, was the king
a gwisgai ei goron dros ei wig fawr
and he wore his crown over his great wig
"Dyna'r blwch rheithgor," meddyliodd Alice
"That's the jury-box," thought Alice
"a'r deuddeg creadur hynny, mae'n debyg mai nhw yw'r rheithgor."
"and those twelve creatures, I suppose they are the jurors"
Roedd rhai yn anifeiliaid, ac eraill yn adar
some were animals, and some were birds
Dim ond wedyn gwaeddodd y gwningen wen
Just then the white rabbit cried out
"Distawrwydd yn y llys!"
"Silence in the court!"
"Herald, darllenwch y cyhuddiad!" meddai'r brenin
"Herald, read the accusation!" said the king
Chwythodd y gwningen wen dair chwyth ar yr utgorn
the white rabbit blew three blasts on the trumpet

Yna fe ddadrholiodd y sgrôl memrwn
then he unrolled the parchment-scroll
Darllenodd fel a ganlyn:
and he read as follows:
'Brenhines y calonnau, gwnaeth hi ychydig o dartiau.'
"The queen of hearts, she made some tarts,"
'Hyn oll a wnaeth hi ar ddiwrnod o haf'
"All this she did on a summer day"
"Calon y galon, efe a ladrataodd y tartiau hynny"
"The knave of hearts, he stole those tarts"
"Ac fe aeth â'r tarts yna ymhell i ffwrdd!"
"And he took those tarts far away!"
'Galw'r dystiolaeth gyntaf,' meddai'r brenin
"Call the first witness," said the king
a chwythodd y gwningen wen dair chwyth ar yr utgorn
and the white rabbit blew three blasts on the trumpet
"Dewch â'r tyst cyntaf!" gwaeddodd allan
"bring the first witness!" he called out
Y tyst cyntaf oedd y gwneuthurwr het
The first witness was the hat maker
Daeth i mewn gyda phaned mewn un llaw
he came in with a teacup in one hand
Ac yr oedd ganddo ddarn o fara a menyn yn y llaw arall
and he had a piece of bread and butter in the other hand
'Dylse ti fod wedi gorffen,' meddai'r brenin
"You ought to have finished," said the King
"Pryd wnaethoch chi ddechrau?"
"When did you begin?"
Mae'r gwneuthurwr het yn edrych ar y march hare
The hat maker looked at the march hare
Roedd yr Arglwydd March wedi ei ddilyn i'r llys
the march hare had followed him into the court
Roedd wedi cerdded braich yn ei fraich gyda'r pathew
he had walked arm in arm with the dormouse
"Pedwerydd ar ddeg Mawrth, dwi'n meddwl ei fod," meddai
"Fourteenth of March, I think it was," he said
'Rhowch eich tystiolaeth,' meddai'r brenin

"Give your evidence," said the king
**"A pheidiwch â bod yn nerfus, neu fe wnaf i chi weithredu
yn y fan a'r lle."**
"and don't be nervous, or I'll have you executed on the spot"
Ymddengys nad oedd hyn yn annog y tyst o gwbl
This did not seem to encourage the witness at all
Daliodd ati i symud o un droed i'r llall
he kept shifting from one foot to the other
ac edrychodd yn anesmwyth ar y frenhines
and he looked uneasily at the queen
**Ac, yn ei ddryswch, fe wnaeth dorri darn mawr allan o'i
teacup**
and, in his confusion, he bit a large piece out of his teacup
Roedd wir yn bwriadu brathu o'i fara a menyn
really he meant to bite from his bread and butter
**Ar hyn o bryd roedd Alice yn teimlo teimlad chwilfrydig
iawn**
Just at this moment Alice felt a very curious sensation
Roedd hi'n dechrau tyfu'n fwy eto
she was beginning to grow larger again
Gollyngodd y gwneuthurwr het diflas ei teacup
The miserable hat maker dropped his teacup
a syrthiodd y bara menyn i'r llawr
and the bread and butter fell to the ground
ac aeth i lawr ar un pen-glin
and he went down on one knee
"Rwy'n ddyn tlawd, eich mawredd," dechreuodd
"I'm a poor man, your majesty," he began
"Rydych chi'n siaradwr gwael iawn," meddai'r brenin
"You're a very poor speaker," said the king
'Byddet ti'n mynd,' meddai'r brenin
"You may go," said the king
a gadawodd y gwneuthurwr het y llys ar frys
and the hat maker hurriedly left the court
"Ffoniwch y tyst nesaf!" meddai'r brenin
"Call the next witness!" said the king
Y tyst nesaf oedd cogydd y duges

The next witness was the duchess's cook
Roedd hi'n cario'r bocs pupur yn ei llaw
She carried the pepper-box in her hand
A dechreuodd y bobl wrth y drws disian i gyd ar unwaith.
and the people near the door began sneezing all at once
'Rhowch eich tystiolaeth,' meddai'r brenin
"Give your evidence," said the king
"Ni fyddaf yn rhoi unrhyw dystiolaeth," meddai'r cogydd
"I shall give no evidence," said the cook
Edrychodd y brenin yn bryderus ar y gwningen wen
The king looked anxiously at the white rabbit
a siaradodd y gwningen wen mewn llais tawel
and the white rabbit spoke in a quiet voice
"Rhaid i'ch Mawrhydi groesholi'r tyst hwn"
"your majesty must cross-examine this witness"
"Os oes rhaid, rhaid i mi," meddai'r brenin.
"Well, if I must, I must," the king said
"O beth mae tartiau wedi'u gwneud?"
"What are tarts made of?"
"Mae tartiau wedi'u gwneud o bupur, yn bennaf," meddai'r cogydd
"tarts are made of pepper, mostly," said the cook
Am rai munudau roedd y llys cyfan mewn dryswch
For some minutes the whole court was in confusion
O'r diwedd roedden nhw i gyd yn setlo i lawr eto
eventually they all settled down again
ond erbyn hynny roedd y cogydd wedi diflannu
but by then the cook had disappeared
'Peidiwch byth â meddwl!' meddai'r brenin
"Never mind!" said the king
"Galwch i'r stondin y tyst nesaf"
"call to the stand the next witness"
Gwyliodd Alice y gwningen wen wrth iddo fygu dros y rhestr
Alice watched the white rabbit as he fumbled over the list
Gallwch ddychmygu ei syndod am yr hyn a glywodd nesaf
you can imagine her surprise at what she heard next

ar frig ei lais bach shrill, galwodd yr enw "Alice!"
at the top of his shrill little voice, he called the name "Alice!"

Tystiolaeth Alice
Alice's evidence

'Wel!' gwaeddodd Alice
"Here!" cried Alice
Neidiodd i fyny ar frys mawr
She jumped up in a great hurry
ac fe ddefnyddiodd hi dros y jury-box
and she tipped over the jury-box
A hi a gurodd ar yr holl reithwyr
and she knocked over all the jurymen
a syrthiasant i bennau'r dyrfa islaw
and they fell on to the heads of the crowd below
Alice yn cael ei hanafu'n fawr
Alice was in great dismay
"O, dw i'n erfyn ar dy flog!" meddai
"Oh, I beg your pardon!" she exclaimed
"Ni all y treial fynd yn ei flaen," meddai'r brenin
"The trial cannot proceed," said the king
"Rhaid i'r rheithgor ddychwelyd i'w llefydd priodol"
"the jurymen must get back in their proper places"
Ailadroddodd y drefn gyda phwyslais mawr
he repeated the order with great emphasis
Edrychodd yn ddwfn ar Alice
and he looked at Alice sternly
"Beth ydych chi'n ei wybod am y digwyddiadau hyn?"
gofynnodd y brenin i Alice
"What do you know about these events?" the king asked Alice
"Dwi ddim yn gwybod dim byd am y peth," meddai Alice
"I know nothing on the subject," said Alice
Yna darllenodd y brenin o'i lyfr
The king then read from his book
'Rheol 42'
"Rule forty two"
"Mae pob person sy'n fwy na milltir o uchder i adael y llys"

"All persons more than a mile high are to leave the court"
"Dydw i ddim yn milltir o uchder," meddai Alice
"I'm not a mile high," said Alice
'Dwy filltir o uchder,' meddai'r Frenhines
"Nearly two miles high," said the Queen

'Wel, dwi'n gwrthod mynd,' meddai Alice
"Well, I refuse to go," said Alice
Trodd y brenin yn welw
The king turned pale
a chaeodd ei lyfr nodiadau ar frys.
and he shut his note-book hastily
"Ystyriwch eich dyfarniad," meddai wrth y rheithgor
"Consider your verdict," he said to the jury
Siaradodd mewn llais isel a chryno
he spoke in a low, trembling voice
Yna siaradodd y gwningen wen
then the white rabbit spoke
'Mwy o dystiolaeth i ddod'
"There's more evidence to come yet"

Ac efe a gyfododd ar frys mawr
and he jumped up in a great hurry
'Mae'r papur hwn newydd gael ei gasglu'
"This paper has just been picked up"
"Mae'n ymddangos ei fod yn llythyr a ysgrifennwyd gan y carcharor"
"It seems to be a letter written by the prisoner"
Datblygodd y papur wrth iddo siarad
He unfolded the paper as he spoke
"Dim llythyr, wedi'r cyfan"
"It isn't a letter, after all"
"Yr hyn oedd yn set o adnodau"
"what it was was a set of verses"
"Os gwelwch yn dda, eich mawreddog," meddai'r
"Please, your majesty," said the knave
"Wnes i ddim ysgrifennu'r penillion hynny"
"I didn't write those verses"
"Ni allant brofi fy mod wedi ysgrifennu unrhyw beth"
"and they can't prove that I wrote anything"
'Does dim enw wedi ei arwyddo ar y diwedd'
"there's no name signed at the end"
Siaradodd y brenin â'r eglwys
the king spoke to the knave
"Mae'n rhaid eich bod wedi bwriadu achosi rhywfaint o ddrygioni"
"You must have meant to cause some mischief"
"Fel arall, byddech chi wedi arwyddo'ch enw fel dyn onest"
"else you'd have signed your name like an honest man"
Yr oedd cadachau cyffredinol o ddwylo
There was a general clapping of hands
a'r brenin yn troi at y gwningen wen
and the king turned to the white rabbit
"Darllenwch yr adnodau," gorchmynnodd
"Read the verses," he ordered
Cafwyd tawelwch marw yn y llys
There was dead silence in the court
ac mae'r gwningen wen yn darllen allan y penillion

and the white rabbit read out the verses
Dywedon nhw wrthyf eich bod wedi bod wrthi hi
They told me you had been to her
A dyma nhw'n sôn amdano fe
And they mentioned me to him
Rhoddodd gymeriad da i mi
She gave me a good character
Ond dywedodd nad oeddwn i'n gallu nofio
But she said I could not swim
Anfonodd air atynt nad oeddwn wedi mynd
He sent them word I had not gone
Rydym yn gwybod ei fod yn wir
We know it to be true
Pe bai'n rhaid iddi fwrw ymlaen â'r mater, beth fyddai'n digwydd i chi?
If she should push the matter on, what would become of you?
Rhoddais hi iddi, a rhoddasant iddo ddau
I gave her one, they gave him two
Rydych wedi rhoi tri neu fwy i ni
You gave us three or more
A hwy oll a'i dychwelasant oddi wrtho ef,
They all returned from him to you
Er eu bod yn fy un i o'r blaen
although they were mine before
Os dylwn i neu hi gael cyfle i fod yn
If I or she should chance to be
Pe bawn i neu hi wedi bod yn rhan o'r berthynas hon
If I or she were involved in this affair
Mae'n ymddiried ynoch chi i'w rhyddhau nhw
He trusts to you to set them free
Yn union fel yr oeddem
Exactly as we were
Fy syniad i oedd eich bod wedi bod
My notion was that you had been
Cyn iddi gael y swydd hon
Before she had this fit
Rhwystr a ddaeth rhwng

An obstacle that came between
Ef, ac i ni ein hunain, ac
Him, and ourselves, and it
Peidiwch â gadael iddo wybod ei fod yn eu hoffi orau
Don't let him know she liked them best
Oherwydd rhaid i hyn fod yn gyfrinach am byth, wedi'i gadw rhag yr holl weddill.
For this must for ever be a secret, kept from all the rest
Rhaid i'r gyfrinach hon aros yn gyfrinach rhyngoch chi a fi
This secret must remain a secret between yourself and me
Roedd y brenin yn drist iawn
the king was very impressed
"Dyna'r dystiolaeth bwysicaf rydyn ni wedi'i chlywed eto"
"That's the most important piece of evidence we've heard yet"
"Dwi ddim yn credu bod yr adnodau hynny'n cario atom o ystyr," meddai Alice
"I don't believe those verses carry an atom of meaning," objected Alice
Roedd gan y Brenin ei farn ei hun ar y mater
the King had his own opinion on the matter
"Os nad oes ystyr yn y geiriau hynny, mae hynny'n achub byd o drafferth"
"If there's no meaning in those words, that saves a world of trouble"
"Nid oes rhaid i ni geisio dod o hyd i'r ystyr"
"then we needn't try to find the meaning"
"Gadewch i'r rheithgor ystyried eu dyfarniad"
"Let the jury consider their verdict"
'Na, na!' meddai'r Frenhines
"No, no!" said the queen
"Dedfrydu'n gyntaf—dyfarniad wedyn"
"Sentencing first—verdict afterwards"
"Stwff a nonsens!" meddai Alice yn uchel
"Stuff and nonsense!" said Alice loudly
"Pa mor wirion yw dedfrydu'r diffynnydd yn gyntaf!"
"how silly it is to sentence the defendant first!"

"Dal dy dafod!" meddai'r frenhines, gan droi'n borffor
"Hold your tongue!" said the queen, turning purple
'Wna i ddim dal fy nhafod!' meddai Alice
"I will not hold my tongue!" said Alice
Gwaeddodd y frenhines ar ben ei llais
the queen shouted at the top of her voice
"Tynnwch eich pen i ffwrdd!"
"chop off her head!"
Ni wnaeth neb fudiad
Nobody made a movement
'Pwy sy'n poeni beth rwyt ti'n ei ddweud?' meddai Alice
"Who cares what you say?" said Alice
Roedd hi wedi tyfu i'w maint llawn erbyn hyn
she had grown to her full size by this time
"Dydych chi ddim yn ddim byd ond pecyn o gardiau!"
"You're nothing but a pack of cards!"
Ar hyn, mae'r holl gardiau codi yn yr awyr
At this, all the cards rose up in the air
A daeth yr holl gardiau yn hedfan i lawr ar ei

and all the cards came flying down upon her
Rhoddodd hi ychydig o sgrech
she gave a little scream
Roedd hi'n hanner ofn, ond hefyd yn ddig
she was half afraid, but also angry
ac mae hi'n ceisio ymladd y cardiau oddi ar ei hun
and she tried to fight the cards off of herself
ac yna cafodd ei hun yn gorwedd ar lan y glaswellt
and then she found herself lying on the grass bank
Roedd ei phen yn lap ei chwaer
her head was in the lap of her sister
Roedd rhai dail marw wedi glanio ar ei hwyneb
some dead leaves had landed on her face
a'i chwaer yn brwsio'r dail i ffwrdd yn ysgafn
and her sister was gently brushing the leaves away
"Deffro, Alice annwyl!" meddai ei chwaer
"Wake up, Alice dear!" said her sister
"Am faint o gwsg rydych chi wedi'i gael!"
"what a long sleep you've had!"
"O, dwi wedi cael breuddwyd mor rhyfedd!" meddai Alice
"Oh, I've had such a curious dream!" said Alice
A dywedodd wrth ei chwaer bopeth y gallai ei gofio.
And she told her sister all she could remember
yr holl anturiaethau rhyfedd yr ydych newydd fod yn darllen amdanynt
all the strange adventures that you have just been reading about
Dringodd Alice a rhedeg i ffwrdd
Alice got up and ran off
Ac roedd hi'n meddwl, tra roedd hi'n rhedeg, am ei breuddwyd
and she thought, while she ran, about her dream
"Dyna oedd breuddwyd ryfeddol!"
"what a wonderful dream it had been!"